ON N'EN MEURT PAS

DU MÊME AUTEUR

1. Délivrez-nous du mal
2. Le bourreau pleure
3. On n'en meurt pas
5. C'est toi le venin
6. Une gueule comme la mienne
7. Le tueur triste
8. Coma
9. Les scélérats
10. Le cauchemar de l'aube
13. Le cahier d'absence
14. Le monte-chargea
15. La pelouse
16. Une seconde de toute beauté
17. L'homme de l'avenue
18. Toi qui vivais
19. Les bras de la nuit
20. Refaire sa vie
21. Quelqu'un marchait sur ma tombe
22. Puisque les oiseaux meurent
23. Du plomb pour ces demoiselles
24. Les salauds vont en enfer
25. Des yeux pour pleurer
26. Ma sale peau blanche
27. Rendez-vous chez un lâche

28. La dynamite est bonne à boire
29. Cette mort dont tu parlais
31. Le maître de plaisir
32. Les séquestrées
35. La dame qu'on allait voir chez elle
36. La foire aux asticots (Kaput)
37. La dragée haute (Kaput)
38. Pas tant de salades (Kaput)
39. Mise à mort (Kaput)
40. Le boulevard des allongés (L'Ange Noir)
41. Le ventre en l'air ! (L'Ange Noir)
42. Le bouillon d'onze heures (L'Ange Noir)
43. Un cinzano pour l'Ange Noir (L'Ange Noir)
44. Dernière mission (Frédéric Charles)
45. La mort est leur affaire (Frédéric Charles)
46. La personne en question (Frédéric Charles)
47. Brigade de la peur (Frédéric Charles)

A paraître

4. Le pain des fossoyeurs

FRÉDÉRIC DARD

ON N'EN MEURT PAS

Fleuve Noir

ISBN 2-265-07333-4

A mon vieux Robert Dalban,
compagnon des bons et des mauvais soirs.

F. D.

Le monde pugilistique étant relativement restreint, cet ouvrage peut présenter certaines analogies avec des personnalités qui le composent.

Ce serait pure coïncidence, car tous les héros de ce livre sont absolument imaginaires.

Le boxeur poussa une sorte de plainte escamotée et s'écroula d'une seule masse sur le ring. Son adversaire regagna son coin en sautillant. L'arbitre mit un genou en terre près de l'homme allongé et, d'une voix qui parvint à dominer le tumulte de la salle, se mit à compter :

— Un…

Lorsque je suis arrivé au rendez-vous, ils étaient déjà là qui m'attendaient en fumant des cigarettes américaines. Une buée bleuâtre flottait dans le bureau. J'ai fait la grimace.

— Ça ne vous ennuierait pas qu'on ouvre un peu la fenêtre ?

Goldein a regardé mon manager d'un air surpris.

— Il vient ici pour faire son réveil musculaire, votre caïd ?

Bodoni a souri.

— Il ne peut pas supporter la fumée, ça l'écœure…

Goldein a éclaté d'un rire gras qui découvrait

les 300 000 francs d'or lui emplissant la gueule. Pour me donner une contenance, je suis allé ouvrir la croisée. J'aurais volontiers écrasé le nez de Goldein. À vrai dire, cela faisait des années que l'envie m'en démangeait ; seulement il nous faisait gagner des millions et ça lui avait toujours valu à mes yeux des circonstances atténuantes.

Quand j'ai fait volte-face, les deux hommes me regardaient. Il y avait la même lueur bizarre dans leurs yeux. Ça m'a causé un certain malaise.

— Assieds-toi, Bob, m'a ordonné Bodoni.

Il était grand comme ça, avec une petite figure de singe toute ridée, mais il m'en avait toujours imposé. C'était au fond lui qui avait fait de moi un champion d'Europe. Et surtout c'était lui qui, par sa sagesse et son expérience, m'avait permis de conserver ce titre quatre années consécutives. Ce second exploit avait plus de valeur que le premier à mes yeux. Dans la vie, le difficile n'est pas d'arriver, c'est de « se » continuer… Croyez-moi, j'en connais un bout sur la question.

Je me suis assis en face d'eux… J'éprouvais la désagréable impression de passer en jugement. Je n'ai pas tardé à me rendre compte qu'il s'agissait d'un truc de ce genre.

Goldein dirigeait le Palais de la Boxe. C'était ce que vous avez déjà deviné : un ramasseur de fric de première grandeur. Lui ne finirait jamais aveugle, et s'il avait le nez aplati, ça lui venait uniquement de naissance.

— Bien, a-t-il murmuré, parlez-lui, Bodo…

Bodoni m'a souri. Quand il souriait, son visage semblait s'ouvrir en deux. Il avait le cheveu rare, noir et gominé. Il s'habillait comme un marchand de charbon en vacances et les éclaboussures provenant de ma douche constituaient son unique contact avec l'eau.

— Bob, tu as toujours eu confiance en moi, n'est-ce pas ?

— Et comment !

— Je ne t'ai jamais fait faire de sales combines, hein ?

— Non, Bodo, jamais…

Il s'est tu, avec un petit air triste.

J'ai articulé péniblement :

— Pourquoi ?

Je sentais qu'il allait me sortir quelque chose de moche. Il a hésité une seconde, et puis c'est venu.

— Tu as quel âge, Bob ?

J'ai sursauté et je me suis penché en avant pour

mieux les voir l'un et l'autre. Bodoni semblait ennuyé, Goldein affectait l'indifférence la plus absolue.

— C'est donc ça ? ai-je soupiré.

— Oui, Bob, c'est ça !

— Vous pensez que je devrais bientôt raccrocher ?

J'ai serré les poings et suis tombé en garde. Je me sentais fort, plus encore : imbattable.

— Regardez un peu le bonhomme ! ai-je dit…

Goldein a tapé son bureau du plat de la main.

— On ne vous demande pas de faire le pitre, Trajo, on vous demande votre âge…

Ça m'a calmé.

— Comme si vous ne le connaissiez pas : j'ai trente-quatre ans et toutes mes dents, moi !

Mais il était trop bête pour comprendre l'allusion. Dans la vie, il ne savait que gagner de l'argent ; s'il l'avait pu, il ne se serait exprimé qu'avec des chiffres.

— Oui, a dit Bodo, tu as trente-quatre ans, Bob… C'est un bel âge pour un boxeur…

— D'accord, je suis près de la retraite, mais je peux faire encore deux ans facile… Voyez Robinson…

Mon manager a écrasé sa cigarette consumée dans un cendrier de cristal aussi gros qu'une banquise.

— On trouve toujours des références à citer, Bob, dans tous les domaines ; seulement, vois-tu, un exemple illustre n'a jamais modifié la vérité.

— Ce qui veut dire ?

— Que tu es fini ! Excuse la brutalité, mais tu fais un métier où l'on sait encaisser les coups durs…

Les deux syllabes se répercutaient dans mon crâne comme une pierre lâchée dans un puits. FI-NI ! FI-NI !

Il me jouait une farce, ça n'était pas possible…

— Vous débloquez, Bodo, jamais je ne me suis senti en pareille forme ! Je démolirais Notre-Dame à coups de poing si on me le demandait !

— Notre-Dame peut-être, a déclaré Goldein, mais pas certains types que je connais et qui aspirent à vous challenger !

Franchement je ne m'attendais pas à celle-là.

La colère s'est emparée de moi. Exactement comme sur le ring lorsque je viens de prendre un mauvais gnon.

De façon générale, je suis un garçon plutôt

calme, mais il suffit d'un coup perfide ou d'un mot de travers, parfois, pour me déclencher. Tous mes grands combats, je les ai gagnés après avoir effacé un vilain crochet à la tempe : mon point sensible.

— Bon, dites que vous avez assez vu ma petite figure, Goldein ; mais n'employez pas des arguments pareils. Je ne suis pas un bluffeur et je l'ai prouvé au cours de ma carrière. J'ai eu des périodes de méforme et j'ai été le premier à les signaler à Bodo, pas vrai, Bodo ?

Il a hoché la tête pensivement.

— Si je me sentais ramolli, Goldein, je vous le dirais. Mais au contraire, je suis frais comme de la truite de torrent ! Et je peux vous le prouver ! Je ne crains personne... Allez-y, amenez-les, mes fameux challengers, s'ils n'ont jamais bouffé de marrons, je leur en promets...

J'étais hors de moi. Je suais comme à l'entraînement.

— Bon Dieu, Bodo, c'est vous qui m'avez sorti une couennerie pareille ! Qu'est-ce qui vous arrive ? Vous n'avez pas à vous plaindre de moi, non ?

Il s'est levé et il est venu à moi. Il a toujours eu

pour moi des gestes qui soignent, des gestes qui guérissent.

D'un mouvement autoritaire, il m'a forcé à m'asseoir. Machinalement, il a eu cette espèce de caresse roulée qui fait tant de bien aux biscotos lorsqu'on a tenu sa garde levée pendant dix rounds.

— Bon, il vient de t'en passer un paquet sur le râble, Bob… Maintenant on va causer.

— Bonne idée…

— Tu es un garçon intelligent, c'est rare dans ce métier de tête de pioche. Alors tu vas m'écouter et essayer de comprendre, pas vrai, petit ?

C'est, je crois, ce terme de « petit » qui a vraiment réussi à me calmer. Ce que j'appréciais, chez Bodoni, outre sa compétence, c'était son affection… Il m'aimait bien et il avait autre chose qu'un compte en banque dans la poitrine.

— Je vous écoute…

— Naturellement, j'ai exagéré tout à l'heure en te disant que tu étais fini…

— Heureux de vous l'entendre dire…

— Tais-toi. Il s'agit de se mettre d'accord sur le mot. Tu n'es pas un boxeur fini, tu es un champion d'Europe fini…

Je l'ai fixé droit dans les yeux afin de voir s'il n'essayait pas de me monter un bateau ; mais non. Il conservait son air grave et triste et il faisait ce qu'il pouvait pour me faire avaler la pilule.

— Si j'en crois la presse, mes combats sont spectaculaires et si j'en crois les recettes, ils font du monde ?

— Ça n'est pas ça. Tu n'as plus le punch des grands jours, Bob...

— Voyez-vous !

— Écoute-moi, petit, s'il y a une chose que je connais à fond, c'est la boxe. Je m'exprime mal, je fais des fautes d'orthographe dans mes contrats et je ne comprends pas grand-chose à l'énergie nucléaire, mais je connais mon boulot. Souviens-toi, Bob, la première fois que je t'ai vu...

Je me souvenais... On n'oublie pas une première fois pareille ! J'étais amateur et je rencontrais je ne sais quel obscur cogneur dans une salle de province. Bodoni manageait le crack de la rencontre... Comme il était en avance, il était venu jeter un coup d'œil dans la salle, ainsi qu'il le fait toujours. Il possède un sixième sens qui l'avertit lorsqu'une salle réagit bien ou mal... Car il est des soirs où le public vous porte, où il se passe vraiment quelque chose… Et puis d'autres où, malgré votre ardeur, vos coups retentissent comme dans une cathédrale vide. Donc, ce soir-là, il était venu renifler les cochons de payants et, machinalement, avait jeté un coup d'œil sur le ring. Je m'expliquais avec un malabar affreux, au front minuscule, qui n'avait jamais lu du Claudel et n'en lirait jamais. Un type difficile à boxer parce qu'il ne savait pas boxer. Il croyait que le noble art consistait à serrer les poings et à faire tourner ses bras en courant dans le ring. Il n'y avait pas moyen d'approcher cet ahuri. Au premier round, j'avais essayé de trouver l'ouverture, mais les ailes d'un moulin à vent n'en comportent pas…

Au second round je lui avais offert un récital de feintes, sans succès… Au troisième et dernier, résolu d'en finir coûte que coûte, je m'étais lancé à travers son tir de barrage et c'est alors que j'avais pris le coup du lapin en pleine nuque. L'unique K.-O. de ma carrière ! Il avait une telle force, cet idiot, que j'avais mis trois minutes à récupérer… En titubant j'avais regagné le vestiaire. Mon vainqueur plastronnait. Il se prenait déjà pour Georges Carpentier. Alors Bodoni, devant tous les autres, était venu à moi.

« Petit, m'avait-il dit, toi tu es un vrai boxeur ; viens dans mon écurie et tu seras un grand boxeur… »

Oui, je m'en souvenais de notre première rencontre. Je m'en souvenais même très bien.

— Ça va, Bodo, parlez…

— Tu n'as plus le punch… Tes deux dernières rencontres me l'ont prouvé…

— N'empêche que Mac Loy est allé dans la résine au sixième, non ?

— Il s'est empalé sur ta gauche, Bob, tu le sais bien ?

Je n'ai rien répondu ; il n'y avait rien à répondre, c'était la vraie vérité.

— Je sais deviner un talent nouveau, mon petit, et je sais aussi déceler les signes qui annoncent la fin. Écoute, je vais te dire ce qui va se passer si tu ne tiens pas compte de mes conseils…

Je me suis senti très las, brusquement. Las et courbaturé comme après un combat difficile. Je l'écoutais comme s'il m'avait parlé de quelqu'un d'autre que je n'aurais même pas connu.

— On va te mettre Giovani Pétruci ou Karl Peter dans les pattes et il y a mille chances contre une qu'un de ces deux gars-là te fasse manger la poussière !

— Quoi ?

— J'ai vu à la télé le dernier combat de Pétruci ; tu peux me croire, ce sera lui le champion du monde de demain…

— De demain sans doute, Bodo, mais pas d'aujourd'hui.

Ces discussions ennuyaient Goldein. Il avait toujours une douzaine de rendez-vous à l'heure. Il s'est mis à loucher sur sa montre et à pousser des soupirs.

— Bodoni a raison, Trajo… Vous voilà sur le toboggan. Ça ne vous fait pas plaisir, mais vous devez vous estimer heureux…

— Ah ! oui ?

— Oui. Vous avez eu une brillante carrière. Quatre ans champion d'Europe et battu seulement aux points par Robinson, voilà qui s'appelle un palmarès de champion. Maintenant il faut céder la place aux nouveaux.

— Bon, nous y voilà. Qui est le nouvel élu ?

Il a pris une nouvelle cigarette et, en l'allumant, m'a regardé à travers la flamme de l'allumette.

— Jo Andryx !

J'ai bondi…

— Le petit Andryx ! Mais vous plaisantez ! Il démarre… Il en est à son dix-huitième combat comme pro…

— À son dix-huitième K.-O., voulez-vous dire…

J'avais honte de protester. Andryx était mon ami et un ami sincère. Il passait ses vacances chez moi, dans mon pavillon de Montfort-l'Amaury. Je lui avais appris le plus pur de mon art… Et voici que brusquement…

— Andryx est votre camarade de team, je pense que vous préférez l'avoir pour successeur plutôt qu'un étranger ?

— Évidemment…

Bodoni ne disait plus rien. Il rêvassait sur la mocheté de la vie.

— Suivez un peu le raisonnement. J'organise un combat Andryx-Peter… Andryx gagnera…

— À voir ! Karl Peter a le plus bel uppercut de ces dix dernières années…

— D'accord, Bob, un uppercut de superman, mais il a une trouille bleue des coups. La réputation d'Andryx va l'inciter à la prudence, il songera plus à se couvrir qu'à maillocher.

Il parlait le langage de la logique. Tout ce qu'entreprenait Goldein participait de la logique, du reste. Les événements semblaient lui obéir, on appelait ça la chance, en réalité cela venait de ce qu'il savait admirablement les contrôler.

— Bon, ensuite ?

— Lorsqu'il aura été vainqueur de Peter, je pourrai mettre sur pied une rencontre avec vous sans faire trop gueuler les Italiens... Naturellement, le titre ne sera pas en jeu...

— Et... l'issue ?

— Le nul !

— Voyez-vous !

— Si. Cela nous obligera à organiser la revanche, titre en jeu cette fois. On fera un fric du tonnerre de Zeus ! Andryx vous battra aux points... De cette manière, vous serez assuré de perdre votre titre honorablement et il restera en France...

Je me suis tourné vers Bodoni. Il tortillait sa cravate autour de son index avec ennui.

— Je croyais que vous ne me proposeriez jamais de sale combine, Bodo ?

Il a tiqué.

— Ce n'est pas une sale combine, Bob...

— Vraiment ?

— J'en suis certain.

— On me demande de me laisser battre et vous trouvez ça normal !

Il m'a foudroyé.

— Tu n'as pas pigé, petit. À toi, on ne te demande rien, c'est à Andryx qu'on va demander d'aller mollo…

— Pardon ?

— Et on peut lui demander ça parce qu'il est ton ami et qu'il a une admiration folle pour toi. Il retiendra sa droite… Le combat sera équilibré et nous obtiendrons en effet le nul… Ensuite, il le retiendra un peu moins et tu seras déclaré battu, voilà tout !

Je les aurais emplafonnés, tous les deux si, au tréfonds de moi, je n'avais pas eu l'impression qu'ils disaient la vérité.

— Vous prétendez que le gamin m'est supérieur ?

— Pas en technique, bien sûr, mais en efficacité. Si vous lâchiez les chiens, l'un et l'autre, tu n'atteindrais pas le dixième round devant lui.

L'humiliation me séchait la gorge.

— C'est pour m'emmerder que vous dites ça, Bodo ?

— Non, Bob. C'est pour ne rien te cacher. Andryx va être le grand champion que tu as été, et peut-être plus encore… Tu n'as jamais dégusté son crochet droit ? C'est la bombe atomique en personne…

Je l'avais dégusté plusieurs fois déjà lorsqu'il m'entraînait. C'était le sparring-partner le plus terrible que j'aie jamais eu…

— Et si je refuse ? ai-je murmuré, accablé.

Bobo a haussé les épaules.

— Si tu refuses, Bob, on va t'opposer à Peter… Lui, tu peux encore l'avoir… Seulement, après, ce sera Pétruci, et celui-là, ma parole d'homme, tu devras prendre un marteau pour l'étendre !

— Tandis que le petit Andryx peut le vaincre ?

Il a fait un signe évasif.

— Je le crois, mais ça c'est le sport qui en décidera… En tout cas, avec Andryx, il y a une chance, tandis qu'avec toi il n'y en a pas ! Mais alors pas la moindre… Pétruci t'aura par K.-O., c'est déjà écrit dans les étoiles. Même si tu refuses de combattre pour te protéger… Il te prendra en corps à corps et il a des sorties inouïes, le Rital ! Voyons, tu penses bien que si je me range au point de vue de M. Goldein…

— Vous vous rangez à son point de vue parce que ça vous permet de conserver le champion d'Europe dans votre boutique, Bodo !

— Tu me connais si mal que ça, Bob ?

J'ai détourné les yeux.

— Bon, écoutez-moi. J'accepte... Seulement je vous préviens d'une chose : je ne veux pas que Jo me fasse de cadeau, parce que moi je ne lui en ferai pas, vous m'entendez ? Dès le premier combat, nous mettrons le paquet, lui et moi... Tout le paquet !

Je fixais Goldein en disant cela.

Mais ça n'a pas semblé l'émouvoir outre mesure. Il a eu un léger haussement d'épaules.

— Comme vous voudrez, Trajo... Comme vous voudrez !

L'arbitre gardait un œil fixé sur le chronométreur.

Il dit :

— ... Deux...

Je les ai laissés mettre au point leurs petites combines et je suis parti en faisant claquer la porte.

J'éprouvais toujours cette pénible impression de lassitude physique. Au fond, n'était-ce pas un signe de méforme ?

Ce que m'avait dit mon manager constituait une véritable révélation pour moi. Non, franchement, jusque-là, je ne m'étais aperçu de rien... Je me croyais très fort...

Pourtant, maintenant que je savais, je me souvenais de petits détails troublants. Au cours de mon dernier combat, j'avais beaucoup tapé dans le vide, moi qu'on célébrait pour ma précision... Et à la fin du quatrième round j'étais essoufflé comme un coureur de fond qui vient de s'envoyer le cinq mille mètres. J'avais naturellement récupéré pendant la minute de repos, mais ce mauvais passage n'avait pas échappé à l'œil sagace de Bodoni.

Après tout, j'avais l'âge de la retraite pour un boxeur... Il fallait savoir s'incliner. La solution envisagée par mon manager et le directeur du Palais de la Boxe me favorisait si on la regardait de près ; un nul et une défaite aux points... C'était passer la main en souplesse à un jeune...

Je suis entré chez Jérémy, l'ancien champion des plumes qui tient un café près du Palais. Je me disais que j'allais devoir me chercher une situation. En général, les gars comme nous finissons toujours dans la limonade. C'est l'ultime façon de passer en attraction... On se fait voir, on parle du passé et le public veut bien, en échange, boire votre anjou.

Pourtant, je ne me sentais pas l'âme d'un cabaretier. J'avais pas mal d'argent. Ce qui m'a sauvé, c'est d'être marié à une femme comme Catherine. Elle ne cessait pas de me prêcher la prudence et l'économie. Elle y voyait clair, elle, et cet instant qui me déroutait tellement, ça faisait bientôt dix ans qu'elle le prévoyait...

Grâce à mes millions, je pouvais me lancer dans les affaires. Mon rêve, c'était d'aller sur la Côte et d'y monter un grand chenil. J'avais toujours aimé les chiens et j'en possédais trois à la maison, trois boxers qui bavaient sur tous les fauteuils.

Jérémy a quitté son comptoir pour m'accueillir. Il était petit avec un visage tout cabossé, des cheveux gris et de grosses lunettes d'écaille sur son nez aplati. Pourtant, il ressemblait plus à un vieux monsieur qu'à un boxeur. Il ne restait de sa gloire d'ancien champion du monde qu'une photo en pied, constellée de chiures de mouches au fond du bistrot.

En le voyant, on perdait ses illusions et quelque chose vous serrait la gorge. Il avait gardé de sa grande époque une certaine suffisance envers les consommateurs non professionnels du noble art.

— Salut, Bob, ça fait un moment qu'on ne t'a pas vu ?

Nous nous sommes serré la main, brièvement, comme le font tous les boxeurs du monde pour qui rien n'est plus dépourvu de signification qu'une poignée de main.

— Qu'est-ce que ça sera, un vichy ?

— Non, sers-nous plutôt un coup de champagne…

Ça l'a surpris. Lorsqu'un champion d'Europe boit du champagne, c'est uniquement pour fêter sa dernière victoire.

— Du champagne ?

— Oui, pourquoi, tu n'en as pas ?

— Et ton entraînement, Bob ?

J'ai eu un mouvement d'humeur.

— Et ta sœur !

Il a sorti un quart Perrier de son frigo.

— Chez moi, tu ne licheras jamais que ça dans l'après-midi, Bob, que ça te plaise ou non… J'ai pas envie de te voir vendre les moules…

Je n'ai pas insisté. Des petits gars qui sortaient de l'usine sont entrés. Ils m'ont reconnu et ç'a été la ruée pour les autographes. Ils me tendaient n'importe quoi à signer, jusqu'à des photos de gens que je ne connaîtrai jamais.

Leur admiration m'a fait du bien. Toute ma force est revenue, intacte. Je n'avais peur de personne, Goldein pouvait m'aligner le fameux Pétruci, j'étais certain de l'avoir.

Lorsque les petits jeunots ont été partis, Jérémy m'a pris en aparté.

— Quelque chose qui ne va pas, gars ?

J'ai tardé à répondre. Enfin, je l'ai regardé. Il avait une trogne impossible, l'ancien champion du monde... Sa tête n'était qu'une plaie cicatrisée... Je m'en serais voulu d'exhiber ça à mes contemporains. Pourtant, il n'en possédait pas de rechange.

— Tu as assisté à mes deux derniers combats ?

— Tu sais bien que je ne rate jamais une rencontre du Palais, Bob !

— Alors je voudrais te poser une question...

Ses pauvres yeux en virgule ont eu un petit reflet bizarre. Un reflet comme je venais d'en voir briller un dans le regard de Bodoni.

— Franchement, Jérémy, qu'est-ce que tu penses de moi ?

Je crois que je lui ai posé la question un peu trop vite. Ces anciens champions, faut leur préparer les questions, comme on prépare la bouillie d'un vieux qui n'a plus de dents. Eux n'ont plus guère de cerveau.

— Comment, Bob, ce que je pense de toi ?

— Sur le plan professionnel, naturellement.

Son air gêné est revenu.

— Mais…

— Oh ! vas-y, je te demande la vérité, tu comprends ? Si j'avais envie qu'on me passe la brosse à reluire, c'est le chroniqueur de *France-Soir* que j'irais peloter !

Ce langage, il le comprenait plus facilement.

Il a passé sa pauvre main tuméfiée sur sa gueule cabossée.

— À mon avis, Bob, tu t'enveloppes un peu…

— Je ne prends pas de poids, au contraire, à ma dernière pesée, j'avais perdu soixante-quatre grammes sans effort sur la précédente.

Il a soupiré.

— C'est pas de graisse que tu t'enveloppes, Bob, c'est…

J'ai grogné.

— Ben, dis-le !

— C'est d'années !

Il a gratté sa pauvre tignasse qui ressemblait à de la moisissure.

Hébété, j'ai répété :

— D'années…

— Oui, gars… Et c'est pas en sautant à la corde que tu les feras tomber. Je t'en parle parce que c'est une question que je connais à fond. Vise un peu ma frime. C'est pas en lançant des pétales de rose pour la Fête-Dieu que je me la suis arrangée comme ça, hein, d'accord ?

J'ai souri.

— Je ne pense pas…

— Moi aussi, Bob, je ne voulais pas raccrocher. Moi aussi je pensais que j'avais encore deux ans devant moi. On pense toujours qu'on a deux ans devant soi… Et puis, un soir, tu comprends que t'as en réalité deux ans de retard, tu saisis ?

— Et c'est ce qui se passe pour moi ?

— Non, pour toi, c'est la ligne d'arrivée, simplement, mais débrouille-toi pour repérer la sortie. Si j'étais ton manager, je monterais deux combats à fric encore, histoire de faire le plein, et je te rendrais ta liberté…

Ce mimétisme de vue avec Bodoni m'a frappé.

— Ah ! oui ?

— Oui, parce qu'avant bientôt ça va être la tuile, Bob… Tu vas te retrouver avec des cloches dans le crâne sans comprendre ce qui t'arrive. Écoute, la gloire, je peux t'en parler… J'avais mon blaze sur toute la largeur des journaux de mon temps… C'est bon, mais ça ne dure pas. De toute manière, Bob, tu seras vite oublié. Seulement, si tu t'obstines, si tu redescends toute la pente, alors là, on se rappellera plus que t'as été un seigneur du ring. Tu passeras pour une pauvre chiffe molle, tu saisis ? Maintenant, il faut t'établir… Dans le fond, la boxe c'est pas un métier… C'est comme qui dirait une mine : il y a des pépites dedans si t'as des poings à la hauteur, ou bien elle est vide. S'il y a des pépites (et y en a eu pour nous), on les ramasse et on s'établit…

Il y revenait. Je sentais qu'il était peut-être plus fier de son grand café que de son ancien titre. Nous autres, les boxeurs, nous venons toujours du peuple. Le Noble Art, c'est l'art des prolétaires. Les autres font de l'aviron, du cheval ou du tennis… Malgré nos noms en caractères de feu, malgré les hurlements d'enthousiasme, nous conservons éternellement le respect des valeurs du premier degré telles que les fonds de commerce.

Raccrocher ! Laisser tomber ! M'établir ! Comme on me parlait un curieux langage soudain ! Je devinais que ces observations ne se limitaient pas seulement au cercle de mes intimes… Le public devait les avoir faites… Bob Trajo est en déclin… Bob Trajo n'est que l'ombre de lui-même…

Dans un sens, la presse avait été gentille pour moi. J'y avais bien lu des sous-titres tels que « moins convaincant », « plus prudent que de coutume », etc.

Décidément, je pouvais jusqu'au bout faire confiance à Bodoni.

— Dis-moi, Jérémy, tu connais Pétruci ?

Il a eu un grave hochement de tête.

— Sûr, je l'ai vu battre Pépé l'Espagnol, à Milan, au début de l'année. Je me trouvais là-bas rapport à ma femme qu'est d'origine italienne…

— Tu crois que je devrais le rencontrer…

D'autres gens entraient, qui nous reconnaissaient, se touchaient du coude et prenaient un air respectueux et admiratif. Jérémy a baissé le ton.

— Touche pas à ça, gars, c'est de la dynamite, c'est de la nitroglycérine. Des sorties comme les siennes, je n'en ai jamais vu, Bob…

— Je sais, on m'en a parlé…

— Ah ! mais tu ne peux pas te figurer… Il est là, dans un angle, à effacer une brutale série. Et puis tout d'un coup y a son droit dans le foie du copain et tu ne sais pas par où il a passé… Et l'autre se tortille par terre comme une anguille sortie de l'eau…

— Bon, maintenant… Dis-moi…

Il a ôté ses grosses lunettes de clown pour les essuyer.

— Hé ! dis, Bob, c'est la méchante interview que tu me fais subir, à ce qu'il paraît.

— Je t'ennuie ?

— Pas du tout, mais je te trouve tout drôle ce soir.

— Un type à qui on annonce qu'il est bon pour les pantoufles et l'abonnement au *Chasseur Français* a fatalement cet air-là, non ?

— Alors ?

— Qu'est-ce que tu penses du petit Andryx ?

Il a remis ses lunettes.

— Ah ! voilà un joli boxeur, Bob !

— Tu crois en lui ?

— À bloc. S'il ne joue pas au con, il ramassera le gros paquet avant longtemps.

— Tu le crois plus costaud que moi ?

— Oh ! non…

Ça été du miel sur mes plaies d'amour-propre.

— Pas plus costaud, mais plus rapide… Il a plus de mordant aussi…

Maintenant, j'étais fixé. Je savais ce que l'opinion publique pensait de mes concurrents et... de moi-même.

— Merci, Jérémy...

J'ai saisi mon verre. Les bulles dansaient dans le liquide une ronde joyeuse. J'en avais marre de boire de l'eau minérale... Après tout, la retraite aurait du bon. Ça faisait au moins dix ans que je rêvais de bouffer un coq au vin !

Le boxeur ne bougeait toujours pas.
L'arbitre laissa tomber :
— Trois !...

Je suis rentré chez moi, à Montfort-l'Amaury, au volant de mon cabriolet anglais rouge sang. J'avais horreur de cette couleur, mais c'était Bodoni qui avait insisté pour que je choisisse cette voiture. Comme, naturellement, Catherine partageait ma répulsion, il lui avait sorti sa grande théorie.

— Mes enfants, dans notre Société, il y a ce qu'on appelle les conventions. Elles veulent que les boxeurs arrivés s'habillent avec mauvais goût et roulent dans des bagnoles impossibles, il faut en passer par là... C'est une politesse à faire au public...

Nous avions cédé...

*
* *

J'avais besoin de retrouver Cathy. J'étais comme un gosse qui s'est fait coller en classe et qui a hâte de retrouver sa mère pour chialer dans son giron. Catherine était un peu ma mère, dans le fond…

Nous deux, ça s'était fait drôlement. Une très jolie histoire… À mes tous débuts, je travaillais dans une usine. J'avais été élevé dans un orphelinat, et tout ce qu'on m'avait appris là-bas, c'était à fabriquer des bobines de bois et à étaler mon pantalon sous mon matelas pour en faire le pli. À part ça, j'en étais sorti aussi ignare qu'une tortue !

Pour la soupe, c'était les plus costauds qui avaient droit au rab, et je m'étais vite imposé. Je crois bien que c'est ça qui m'a plus tard poussé vers la boxe… J'ai pris des cours dans un club populaire, ensuite, comme je vous l'ai dit, j'ai rencontré Bodoni.

Quand ont été homologués mes premiers vrais succès, il m'a dit, un soir (je me rappelle que c'était à la terrasse du *Madrid*) :

— Écoute, Bob… Tu sais à peine lire et je t'en

boucherais un coin si je te disais que Bruxelles est la capitale de la Belgique. Faut t'éduquer, mon garçon… Dans la vie, il ne suffit pas d'être costaud, l'avenir appartient à ceux qui ont quelque chose dans le crâne, tu m'entends ?

Je l'entendais très bien, et avec pas mal d'ennui. Je ne me voyais guère potasser une grammaire et une géographie entre deux séances d'entraînement, ça me paraissait incompatible…

Il poursuivait :

— Tu es appelé à faire parler de toi. Si un jour tu deviens le crack que je prévois, on t'invitera dans la haute, tu verras des journalistes, des gens bien… Bon Dieu, Bob, tu ne peux pas savoir ce qu'un boxeur a l'air cloche sans ses gants. On dirait un infirme. Y te faut des manières, de la conversation… Écoute, puisque tu ne t'entraînes que le matin, fais-toi inscrire à un cours du soir pour adultes…

Évidemment, j'avais acquiescé, mais en me promettant in petto de n'en rien faire. Seulement, lorsque Bodo a une idée sous son petit chapeau crasseux, il faudrait un ciseau à froid pour l'en faire sortir.

Le lendemain, il m'apportait une adresse.

— Tiens, voilà : groupe Jean-Jaurès, à Pantin... Tu demandes Mlle Dumoulin, c'est une petite institutrice qui a besoin de faire un peu d'oseille pour envoyer sa pauvre mère prendre des bains de boue à Dax... Vingt-cinq francs le cours, tu seras le seul élève... C'est ma concierge qui m'a filé le tuyau...

En rechignant, j'y étais allé. Je m'attendais à trouver une vieille fille sévère, et puis c'était Catherine...

Je la vois encore, toute seule dans sa grande classe. Elle m'attendait en corrigeant des cahiers. Le réflecteur vert du bureau l'éclairait. Elle semblait toute fragile sur son estrade. Elle n'avait pas vingt ans... Elle était jolie, mais ne s'occupait pas de ça. Aucun fard, des cheveux bruns, flous, un visage mat, d'épais sourcils, des formes et une mise très sobre... Je n'osais pas frapper à la vitre... La grande cour d'école déserte paraissait infiniment vide... Il y avait des avions en papier taché d'encre violette sur le sol et ça sentait l'urine...

Mon ombre a fini par attirer son attention.

— Entrez !

J'ai tourné le loquet...

— Mademoiselle, je…

Elle m'a souri et a rougi. Elle aussi me croyait plus vieux…

— Je sais, vous venez pour…

— Oui…

La classe sentait le chaud, la craie, le gosse… Il y avait des dessins découpés sur les murs, des cartes géographiques, et, au tableau noir, on lisait, écrit en bleu :

Exemple de triangle isocèle.

— Asseyez-vous… Tenez, mettez-vous au pupitre de droite, là, c'est le plus grand.

J'ai allongé mes grandes jambes sous le bureau… Un canif industrieux avait gravé profondément dans le bois « Marcel Baujus. » Ça datait de vieux… Le dernier propriétaire du meuble avait essayé de reboucher l'inscription avec de la pâte à mâcher, mais en vain… À cet instant, j'ai pensé, Dieu sait pourquoi, que le Marcel Baujus en question avait peut-être maintenant son nom gravé dans la pierre…

— Bon, nous allons commencer, si vous voulez, par un petit cours de grammaire… Je crois qu'une révision des verbes du troisième groupe…

Je l'entendais comme à travers un songe. Sa

voix vibrait étrangement dans cette grande classe morte où une seule lampe nous offrait un îlot cafardeux.

Ça a duré une heure. Je faisais l'impossible pour ne pas lui sembler trop stupide et je répétais des règles grammaticales avec une ridicule ferveur, soudain rien ne me semblait plus important que l'imparfait du subjonctif du verbe nouer !

Au bout d'une heure, elle m'a déclaré que ça irait très bien, que j'avais des dispositions et m'a tendu la main...

Je suis sorti. La nuit était complètement tombée et le vent soulevait de terre pour des envols ratés les pauvres avions de papier.

Je suis allé à la station d'autobus, le front en feu. Ce cours m'avait épuisé.

Elle est arrivée, un instant plus tard, charriant une énorme serviette bourrée de cahiers. J'ai remarqué qu'elle portait des chaussettes à la place de bas. Elle ressemblait à une gamine.

Elle a sursauté en me revoyant.

— Tiens, vous attendez le bus aussi ?

— Oui.

Nous étions seuls près du panneau... Comme dans la classe, un rond de lumière nous enveloppait.

— C'est vrai que vous êtes boxeur ?

— Oui.

— Quelle idée !

— Ça vous déplaît ?

— Oui. D'abord ça n'est pas un métier et puis je trouve ça... laid.

Je ne savais plus que dire. Ce soir-là, je crois bien que j'ai failli abandonner la boxe.

Le lendemain, il y a eu une nouvelle séance... Et puis le surlendemain. J'ai peu à peu appris ce qu'était l'isthme de Panama, le carré de l'hypoténuse et des tas de trucs de ce gabarit qui ne vous servent pas à grand-chose dans la vie, mais qu'on a l'air bête de ne pas connaître.

Après mes leçons, nous partions ensemble et je lui portais sa serviette jusqu'à l'arrêt de l'autobus. Et puis, un soir, je lui ai dit que je ne pourrais pas venir le lendemain, vu que je rencontrais Kid Tracy, le champion anglais. Un coup de courage et je lui ai demandé :

— Venez, ça me fera plaisir.

Elle a eu un geste de refus.

— Non, merci, je n'aime pas ça.

— Vous avez déjà vu boxer ?

— Jamais !

— Alors, comment savez-vous que vous n'aimez pas ?

Ses gros sourcils se sont joints. Elle a réfléchi très gravement un moment.

— Vous avez raison, j'irai.

Et elle est venue, parole ! Toute seule ! Je l'ai vue en montant l'escalier du ring. Elle se tenait dans son petit manteau râpé à col de fourrure miteuse et elle avait mis un peu de rouge à lèvres. Elle me regardait d'un air anxieux qui m'a fait mal. Je lui ai souri pour la rassurer, comme elle m'avait souri le soir où je n'osais pas frapper à la vitre de sa classe.

J'étais sûr de moi.

Cette rencontre, tous les aficionados vous le diront, a été une des meilleures de ma carrière. J'ai mis Kid Tracy K.-O. au quatrième, après l'avoir boxé en grand champion. La salle m'a porté en triomphe ! En tanguant sur des épaules enthousiastes, je la cherchais du regard. Elle était plus pâle qu'à l'ordinaire et il y avait des larmes dans ses yeux. Je lui ai adressé un signe amical avant de me laisser emporter aux vestiaires.

Et le lendemain, je suis retourné au groupe

Jean-Jaurès. On étudiait l'Himalaya à cette époque (un drôle de morcif : 8 880 mètres !).

Elle m'a dévisagé longuement avant de répondre à mon salut.

— Alors, mademoiselle, ça vous a plu ?

— Vous n'êtes pas blessé ?

— Mais non, vous n'avez donc pas vu que...

— Pourtant, à un moment donné, il vous a frappé en plein visage !

C'était vrai. J'avais essuyé un contre très sec de l'English.

— Je sais encaisser... Vous ne m'avez pas répondu, ça vous a plu ?

Elle a réfléchi.

— Je ne sais pas, j'ai eu si peur...

— Peur ?

— Oui, pour vous...

C'était dit si simplement que je n'ai pas réagi tout de suite. Les boxeurs, même pas trop crétins comme moi, sont toujours longs à piger.

Et puis j'ai compris, et alors je l'ai prise dans mes bras et, croyez-moi, ce soir-là, l'Himalaya a eu l'air d'une crêpe à côté de nous, bien que nous ne mesurions pas quatre mètres à nous deux.

*
* *

On s'est mariés deux mois plus tard. C'est chez elle – où nous avons habité au début – que mon instruction a continué. Elle ne me prenait plus vingt-cinq francs l'heure. En revanche, je casquais les bains de boue de sa mère, trop heureux de m'en débarrasser à si bon compte.

C'était pas la mauvaise femme, pourtant, mais elle était du genre geignard, comme presque tous les rhumatisants. Elle est morte deux ans après notre mariage, l'année où je suis devenu champion de France des welters.

Cathy s'est mise à aimer la boxe. Qui ne l'aimerait, du reste ? Ça et la corrida, voilà les ultimes vestiges de la grandeur. La voilà la vraie poésie de l'action !

Ah ! la boxe : douze cordes, trois hommes… Deux qui n'ont qu'une idée en tête : vaincre ! Et un troisième qui vous force à le faire dans les règles de… l'art, oui, de l'art !

Elle surveillait mon alimentation, me cuisinait des plats appropriés à mon entraînement. Bientôt, elle a quitté l'enseignement sur mes instances. Elle était un peu triste, bien sûr, et moi aussi du reste. Je regrettais la grande classe, le bureau signé Baujus, le tableau noir sur lequel il restait toujours de mystérieuses inscriptions et les mouches d'un autre été crevées derrière la vitre de l'herbier. Mais quoi, vous êtes d'accord qu'il faut aller de l'avant ?

Elle ne portait plus de chaussettes, Cathy, mais des extra-fins, et elle s'habillait dans les grands magasins. C'était elle qui répondait pour moi au téléphone, elle qui organisait mes conférences de presse et qui me trouvait des choses futées à répondre aux reporters. Grâce à cette espèce de culture, inhabituelle chez un matraqueur, je me suis fait une bonne réputation dans la presse et tous les marchands d'épithètes de la rubrique sportive m'ont eu à la chouette.

Le bruit courait que j'étais licencié en je ne sais plus quoi et que je m'étais adonné à la boxe uniquement par amour du sport... Tu parles !

J'avais certainement été le boxeur le plus invité depuis Carpentier. Les chasses en Sologne, les « parties » dans les propriétés du Vésinet, et toutes les réunions snobinardes des riches désœuvrés qui ne savent quoi inventer pour se rendre intéressants, ni surtout qui inviter ! Ces buses trouvaient qu'un champion d'Europe faisait bien dans le tableau. Leur rêve, ç'aurait été de me foutre entre l'archevêque de Paris et Marie-Chantal !

Eh bien, maintenant, tout ça allait être fini... Plus d'invitations, plus de flatteries, plus d'honneurs... Je rentrais dans le rang. Je rejoignais les millions de millions d'obscurs...

*
* *

J'ai conduit assez vite et il m'a fallu moins d'une heure pour atteindre ma propriété. C'est une très belle demeure d'un étage en forme de U au fond d'un jardin vallonné. Elle est de style ancien, avec des portes-fenêtres qui se suivent, un trottoir, du fer forgé, de petites balustrades... Vous voyez le genre ? Quatre chambres délicieusement meublées par les meilleurs antiquaires de Paris... Une grande pièce commune pourvue d'une gigantesque cheminée où l'on peut brûler un chêne entier ; tout a une classe folle et c'est cossu et confortable. J'avais toujours rêvé de posséder une maison semblable. Il a fallu Cathy et son goût infaillible pour la dénicher... Nous y étions vraiment très heureux. Dans mon jardin aux massifs échevelés et aux rocailles moussues, je faisais ma culture physique... C'était bigrement mieux qu'un stade ou qu'une allée du Bois.

Elle était illuminée comme une fête de nuit lorsque j'y suis arrivé. Il n'y avait rien de particulier, mais c'était moi qui en avais décidé ainsi... J'enrichissais l'Électricité de France. Toutes les pièces restaient éclairées en permanence. Je voulais pouvoir aller de l'une à l'autre sans tomber dans du noir. Je crois que cet amour de la lumière me venait du ring.

J'ai laissé la voiture dans le renfoncement du portail. J'avais horreur de manœuvrer. Arthuro, notre valet de chambre italien, la rentrerait.

L'idée du valet de chambre était de Bodoni. Ça faisait peu commun et ça ajoutait à ma fameuse légende.

C'était un beau garçon un peu gras qui abattait deux fois plus de travail qu'une bonne. Il portait une tenue bizarre, sortie également de l'imagination de Bodoni. Cela ressemblait vaguement à un uniforme russe. Elle se composait d'un pantalon noir et d'une veste blanche boutonnée sur l'épaule.

Il a passé sa tête bonasse par un entrebâillement de porte.

— Bonjour, monsieur.

J'aimais sa voix chantante et son regard confiant.

— Salut, Arthuro, madame est là ?

— Dans la salle !

Cathy se tenait lovée dans une bergère. Elle portait un pantalon étroit en velours noir et un pull rouge avec des mocassins de même couleur. Elle regardait couver un feu de bûches…

Elle passait des heures à contempler des flammes ou à suivre la magistrale trajectoire du soleil dans le ciel d'été.

— C'est toi, Bob ? a-t-elle questionné sans se retourner.

En guise de réponse, j'ai déposé un baiser sur sa nuque.

Puis je me suis débarrassé de mon imperméable et j'ai pris place à ses côtés sur la bergère.

— Tu parais fatigué ? a-t-elle observé.

— Il y a de ça… Certains jours, Paris me casse les pattes. Tu ne voudrais pas me servir un petit quelque chose à boire ?

— Tu veux un jus d'ananas ?

— Plutôt un scotch…

Elle m'a regardé.

— Tu plaisantes, je suppose ?

— Pas du tout.

— Mais, Bob…

— Surtout, ne me parle pas de ma forme, de mon régime et autres fadaises, maintenant c'est fini, Cathy…

Elle n'a rien répondu. Son mutisme m'a énervé. J'avais besoin de m'épancher de nouveau, mais pour aider aux confidences il faut les provoquer. Si elle n'y mettait pas du sien, j'allais laisser fermenter ça.

Comment se faisait-il qu'elle ne me questionne pas ? Quand un homme lâche une phrase aussi grave, on doit avoir envie de savoir la suite.

Avec deux doigts, j'ai soulevé son menton. Son petit regard calme était plein de tristesse. Elle avait ce même air apeuré que la première fois, sur son fauteuil de ring, lorsque j'avais sonné l'Anglais ! J'ai compris.

— Tu sais ?

Elle a eu un bref hochement de tête.

— Bodoni t'a mise au courant ?

— Oui, Bob !

— Alors, nom de Dieu, quand je me suis rendu

tout à l'heure à la convocation de Goldein, tu savais de quoi il s'agissait ?

— Oui…

— Et… tu ne m'as pas prévenu ?

— Ce n'était pas à moi à t'apprendre ça, mon chéri…

Oui, elle avait raison : ce n'était pas à elle. C'était des trucs d'hommes qu'on se dit entre hommes. Pourquoi Bodo l'avait-il avertie ?

Je le lui ai demandé en haussant la voix :

— Il savait que ça allait te faire mal, Bob. Il voulait que je sois préparée à ça, pour…

— Pour me consoler ?

— Oh ! non, il n'y a pas de consolation possible… dans l'immédiat du moins. Mais, pour t'aider…

Elle s'est levée. Elle était petite et fragile… Elle avait pris des manières racées, franchement, c'était devenue une fille bien.

— Écoute, Bob. Ce qui t'arrive est une chose aussi inéluctable que la mort. C'était prévu avant que ta carrière ne commence, d'accord ?

— D'accord. Seulement, bien qu'elle soit attendue, la mort est moche quand elle arrive.

— Ici, ça n'est qu'un changement de vie, heureusement. C'est dur, Bob, mais on n'en meurt pas !

J'ai ricané :

— Tu trouves ? Tu crois que ça n'était pas ma vie, ce métier ? Tu te figures que ça n'est pas un peu – et même beaucoup – mourir, que d'attacher mes gants à un clou, dans ma chambre, pour qu'ils fassent joli ? Ce n'est pas crever, Cathy, que de ne plus m'étendre sur une table de massage, que de ne plus enjamber les cordes sous un tonnerre d'acclamations ?... Et que de ne plus entendre la voix caverneuse du speaker annoncer : « Robert Trajo, vainqueur ! » Dans ces moments-là, on a l'impression de porter le monde sur ses épaules, on en a la force, tu sais ?

— Je sais, Bob. Mais je pense que tu poses mal le problème...

— Voyez-vous !

— Tu te mets dans l'état d'esprit du garçon victime d'une injustice, tu te fais l'effet d'un homme lésé, dupé, bafoué ! Prends conscience de la réalité... Ce ne sont pas les autres qui te lâchent, Bob, c'est toi-même... Tu n'es victime que de ces belles années exceptionnelles. Au lieu de t'insurger, tu devrais remercier le Ciel de te les avoir fait vivre…

Pour la première fois depuis notre mariage, je la sentais loin de moi. Elle se trouvait dans l'autre clan, elle ne parlait plus mon langage.

— Oh ! Cathy.

— Quoi ?

J'ai haussé les épaules. À quoi bon parler ? Elle avait raison du point de vue de la logique, mais ses arguments taillés dans le granit ne pouvaient me convaincre.

— Non, rien…

Je suis allé à la cave à liqueurs et j'ai versé une formidable rasade de scotch dans un verre.

— Tu ne vas pas boire ça ?

— Je commence mon apprentissage d'homme normal, Cathy, je rentre dans le rang !

— Tu as encore des combats à disputer…

— Tu sais contre qui ?

— Oui…

À cet instant, la sonnette du portail a carillonné.

— Une visite ! ai-je murmuré.

— J'ai invité Jo à dîner…

Elle a un peu rougi.

— Hein ?

Dans un souffle, elle a murmuré :

— Il vaut mieux que ce soit toi qui lui dises, pour les combats… Les autres ne lui en ont pas encore parlé…

Je n'ai plus protesté. Elle devait avoir raison d'agir ainsi. Catherine avait toujours raison.

J'ai jeté ma rasade de whisky dans la cheminée, ça a produit comme un bruit de gifle flasque, puis l'alcool a attisé les flammes.

Jo Andryx est entré.

Dans la salle, le chahut était à son comble :
— ... Quatre ! fit l'arbitre.

Il était assez beau garçon, mais une fois en tenue de ville, il faisait un peu boxeur endimanché. Son nez avait été fracturé au cours d'un entraînement, c'était le seul stigmate du métier. Il était de taille très moyenne et avait des épaules extrêmement puissantes. Tous ses coups venaient de son buste, et, lorsqu'ils arrivaient, faisaient très mal. Il était brun, avec les cheveux à la Marlon Brando, des yeux noirs, très beaux, chargés d'éclats changeants.

Il tenait une gerbe de fleurs à la main, ce qui ne contribuait pas à lui donner l'air spirituel. Il l'a déposée sur la table.

— Pour vous, Cathy...

— Vous êtes un amour, Jo ! Et quelle folie ! Des liliums !

Il a eu un air de triomphe modeste.

— Vous parlez...

Je le soupçonnais d'être un peu amoureux de Cathy. Il subissait le charme discret de ma femme et, quand il la regardait, on aurait dit qu'il était témoin d'une apparition.

Je lui ai serré la main. Il avait d'énormes battoirs aux attaches musculeuses alors que mes mains à moi sont relativement petites.

Arthuro est venu le débarrasser de son beau pardessus en poil de chameau et il s'est assis près de moi devant le feu.

— C'est rudement gentil à vous de m'inviter, Bob...

— Ça ne chamboule pas trop ton entraînement ?

— Oh ! non... Pour une fois, je peux me coucher tard...

— Je crois savoir que tu as un gros morceau, bientôt ?

Je le sondais, histoire de m'assurer qu'il n'était au courant de rien. Mais son regard restait candide et sa voix parfaitement naturelle.

— Oui, je rencontre Karl Peter le mois prochain.

Il a souri.

— On ne peut pas appeler ça un gros morceau.

Je me suis renfrogné.

— Tu trouves ? Il a un gentil uppercut pourtant, tu ne l'as pas vu descendre Gracias ?

— Un uppercut n'est pas toute la boxe… Quant à Gracias, tout le monde sait bien qu'il était fini…

Ça m'a ramolli tout à coup. Fi-ni ! Encore ce sale mot pointu qui se plantait dans ma peau.

— Tu parais bien sûr de toi, dis donc ?

— Mais, naturellement, Bob. Vous m'avez toujours dit qu'il faut avant tout avoir une confiance totale dans ses poings… Vous verrez le Peter… Je travaille ma garde pour éviter son uppercut… Seulement, lui, il peut toujours travailler la sienne pour escamoter le crochet au foie que je lui réserve…

Je l'ai fixé, un peu méprisant. Il se prenait pour qui, ce boxeur du dimanche ? Et c'était ce merdeux qu'on avait choisi pour me succéder ! Je n'ai pas pu cacher ma rancœur davantage.

— Écoute, Jo, je vais te dire quelque chose…

— Oui ?

Cathy me faisait des signes dans le dos d'Andryx, elle trouvait mon attaque trop brusque, mais je ne pouvais me contenir. Je préférais jouer cartes sur table.

— Écoute, Jo, tu sais ce qui se mijote ?

Ma voix l'a inquiété. Il a froncé les sourcils et nous a regardés alternativement, Cathy et moi.

— On veut que tu me succèdes, Jo. Ces messieurs les marchands de marrons me trouvent trop vieux et vont essayer de te refiler mon titre…

Ça l'a sonné. Il est resté indécis comme au cours d'un corps à corps lorsqu'on n'est pas très sûr d'avoir entendu le gong.

— Moi ?

— Oui, toi !

— Champion d'Europe !

Ce cri du cœur ! Avant toute chose, il ne considérait que ça, le petit goinfre !

— Qu'en dis-tu ?

— C'est une blague, non ?

— Non. On m'a prévenu tantôt… Tu bats Peter et ensuite on nous oppose en dix rounds… Nous faisons le nul… Tu me suis ? Nécessairement, la revanche avec titre s'impose. Tu me liquides aux points et te voilà champion ! Pas plus difficile que ça...

Il était émerveillé et ne cherchait pas à cacher sa joie, sans réaliser que sa gloire s'édifiait sur ma défaite. Chacun pour soi ! C'était la loi de la vie et surtout celle de la boxe.

— Alors, tu es content ?

Ma question l'a tout de suite dégrisé.

— Oh ! Bob, pourquoi vous me dites ça... Ils vous ont charrié : vous n'êtes pas fini du tout et jamais je pourrais vous battre, à moins que vous ne vous allongiez !

Ses yeux démentaient ses paroles. Il était certain de sa force, certain de me descendre. Et j'aurais parié n'importe quoi qu'il avait entendu déjà des réflexions sur ma « fin » imminente.

— Bodoni prétend qu'il faudrait au contraire que tu te retiennes pour ne pas me mettre K.-O. !

— Il a dit ça pour...

— Non, Jo, il n'a pas dit ça pour rire. Il a dit ça parce que ça doit être la vérité. Bodoni dit toujours la vérité, c'est pourquoi je l'aime bien.

Un silence déprimant pour Jo s'est écoulé, Cathy arrangeait les fleurs dans un vase de cristal, Arthuro mettait le couvert.

— Écoute, Jo, tu es un bon petit gars, hein ?

— Vous le savez bien, Bob... Vous êtes comme qui dirait mon prof'. Jamais je ne vous ferais de mal, ça me serait impossible !

Je me suis dressé devant lui et je l'ai empoigné par les revers impeccables de sa veste. Mes yeux devaient avoir une très vilaine expression parce qu'il est devenu tout pâle.

— Jo, mets-toi bien dans le crâne ce que je vais te dire... Du mal, tu devras m'en faire, parce que je ne veux pas de cadeau, et parce que moi j'essaierai de pas t'en faire. J'ai accepté de te rencontrer à cette unique condition : les combats seront réglos. J'ai toujours été régulier et je le serai jusqu'au bout. Pas la moindre combine, Jo, tu m'entends ?

Je le soulevais littéralement de son siège.

— Oui, oui, Bob...

— Pas le plus petit cadeau. Si tu dois devenir champion d'Europe, tu le deviendras avec tes poings, pas avec la bénédiction de Goldein, vu ?

— Oui, oui, Bob !

Cathy ne cherchait pas à intervenir. Elle savait que cette explication était nécessaire.

— Et si tu dois le devenir en me battant par K.-O., ce sera ainsi. Toujours O.K. ?

Je l'ai lâché.

— Mais bien entendu, Bob, pourquoi cette sortie... Nous nous battrons de tout notre cœur, sans penser à notre amitié, c'est le sport qui veut ça...

— Je ne crois pas que tu me battras, Jo...

Là, il n'a rien répondu, ça l'a froissé.

— Sais-tu pourquoi, Jo ?

— Non, Bob.

— Parce que ta boxe, c'est moi qui te l'ai façonnée... Tes coups fumants, c'est moi qui les ai mis au point.

Il a hoché la tête.

— Oui, je comprends... Vous avez sûrement raison, Bob... N'empêche que je ferai l'impossible pour gagner.

Cette tranquille affirmation m'a détendu.

— À la bonne heure...

Je l'ai embrassé rudement et il m'a rendu mon baiser avec la même maladresse brutale.

— Il fallait que nous mettions les choses au point, mon petit...

— Vous avez eu raison...

Cathy nous a demandé de passer à table. Le repas a été sans entrain et ce soir-là, Jo est parti de bonne heure.

*
* *

Personne n'a suivi avec plus d'attention passionnée un combat de boxe que moi lorsqu'il s'est agi de la rencontre Peter-Andryx.

Cela faisait déjà un bout de temps que mon petit Andryx remplissait les salles. Bien avant de disputer le combat vedette, son nom trouait les affiches. Son battant, sa puissance de frappe et la rapidité avec laquelle il mettait son adversaire K.-O. attiraient les foules, toujours avides de phénomènes. On l'avait baptisé « L'assassin du ring » et, dès son quatrième combat, on annonçait qu'il deviendrait un jour champion du monde.

Je me trouvais au quatrième rang des fauteuils. C'est-à-dire sur la limite de vraie visibilité. Ne riez pas : pour réellement voir un combat de boxe, il faut le vivre et on ne peut le vivre à plus de trois mètres du ring.

L'adversaire de Jo, l'Allemand Peter, était un grand type rose et blond qui le dominait de toute la tête et possédait une allonge bien supérieure à la sienne. C'était le genre d'athlète taillé à coups de serpe, avec une taille à peine marquée et des épaules pas plus larges que les hanches. À part ça, il était assez joli garçon pour ceux qui aiment les jeunes premiers ressemblant à du veau pas cuit.

Pendant les conseils préliminaires de l'arbitre, Andryx a pris les mesures de son adversaire du coin de l'œil. Un balèze comme Karl Peter était difficile à boxer. Pour l'avoir, il fallait un sacré coup d'œil et une précision d'horloger. Or, non seulement Jo se devait de gagner, mais encore devait-il le faire avec brio s'il espérait justifier une rencontre avec moi. Le public aime voir brûler les étapes, d'accord, pourtant il s'en trouve toujours une partie qui raisonne, apprécie, ergote… Et les journalistes figurent généralement dans cette partie-là.

D'ordinaire, lorsque j'attends le premier coup de gong, j'ai un trac fou et je me sens les jambes en coton… Mon cœur bat au ralenti, mon regard se brouille et la clameur creuse de la salle fait dans mon crâne un bruit énorme et confus comme l'océan. Et puis le « bing » résonne, Bodoni me soulève de mon escabeau et je deviens d'un calme surprenant.

Pour Jo, ça n'allait pas de même. Avant le coup de gong, il piaffait dans son coin, refusait de s'asseoir, raclait le plancher du pied comme un taureau en rut, faisait jaillir son protège-dents de sa bouche, bref était « intenable »... On le devinait sous pression, comme une machine surchauffée. Le gong libérait cette force en suspens... Il se déchaînait tout de suite et, à la première seconde, était déjà chaud et rodé comme à une cinquième reprise. C'était cela qui déconcertait ses adversaires, qui lui permettait de les déborder immédiatement et de leur faire peur. Chez nous, c'est très important, la peur. Un boxeur qui en est atteint ne fait jamais carrière, aussi bon styliste, aussi bon cogneur qu'il puisse être.

Gong !

Jo s'est trouvé au milieu du ring avant que l'Allemand ait seulement quitté son coin. Le Germain, par rapport à lui, ressemblait à un milourd... On n'aurait jamais cru que ces deux hommes figuraient dans la même catégorie. La rencontre avait quelque chose de déséquilibré...

Jo s'est mis à danser autour de Peter, la garde haute... J'apercevais juste son œil rond, noir et cruel comme le canon d'un pistolet. Il guettait les réactions de l'Allemand avec une acuité extraordinaire… Lorsque l'autre amorçait un geste, Jo avait déjà trouvé le « contre-geste », si je puis dire. Jamais je n'avais autant compris l'efficacité de sa tenue de combat que ce soir… Sa garde, ses parades, l'extrême sensibilité de sa défense valaient le déplacement. Il semblait avoir des antennes extrêmement préhensives qui captaient les intentions de son vis-à-vis au moment où celui-ci les pensait.

Il y a eu vingt secondes d'observations. Puis l'Allemand a essayé un direct immédiatement bloqué par le gant de Jo Andryx.

Cette dissociation dans la garde de Peter a permis à Jo d'entrer en action. La boxe, croyez-moi, c'est de la géométrie, comme le billard… Il faut savoir calculer un angle instantanément, tirer des droites et repérer le point de fuite…

Jo a placé un crochet du gauche au flanc de Karl Peter… L'Allemand a vite repris sa position première… Jo a eu une jolie feinte, comme s'il allait lui tirer sa droite dans le foie, naturellement le frisou a baissé sa garde et c'est encore le gauche de Jo qui est parti. L'Allemand a essayé un saut en arrière, mais il a tout de même pris le crochet sur la joue... S'il avait été moins grand, il descendait sur ce coup-là, malheureusement, la différence de taille faisait perdre de l'efficacité au coup... Il a fait partir son fameux uppercut. Bon Dieu, si je m'étais trouvé à la place de Jo je ne l'aurais pas vu venir, tellement c'était rapide... Mais un millième de seconde avant, Jo a eu une esquive basse et le gant a sifflé au-dessus de sa tête. La salle s'est mise à hurler. On avait senti le danger...

Jo ne pouvait rien à distance, toujours à cause de l'allonge qui avantageait son adversaire... Il s'est approché et ç'a été très joli, comme toujours, les jambes presque jointes, il a eu un saut de toréador à droite, puis un à gauche... L'Allemand le cherchait... La mobilité de mon poulain l'agaçait et le déroutait. Un adversaire qui esquive bien vous mystifie davantage qu'un autre qui vous bille dessus. La réaction d'un boxeur mystifié c'est de cogner... C'est ce qu'a fait le Teuton, bien sûr... Mais Jo continuait à sautiller, devant lui, aussi impalpable qu'une ombre... Éternellement présent, tentant, éternellement hors de portée.

Le Peter s'est arrêté, en sueur. Il y avait une lueur incrédule dans ses yeux... Jo s'est alors occupé de lui... Une grêle de coups dans les bras de l'Allemand, l'autre a voulu se dégager, riposter... C'était ce qu'attendait Andryx... Dès qu'il a vu l'ouverture, il a laissé tomber un contre au menton de Peter. Peter a fait une espèce de faux pas, comme quelqu'un qui se tord le pied... Puis il a titubé et s'est écroulé à genoux, la tête penchée en avant, sonné !

Vous décrire le délire de la salle ! Pour ma part, j'avais les mains moites...

Andryx, toujours sous pression, est allé dans le coin opposé en secouant ses bras le long de son corps pour les reposer. L'arbitre s'est mis à compter. À trois, l'Allemand s'est relevé, d'un bond... Mais le gong a retenti, annonçant la fin des trois premières minutes et ces messieurs sont allés s'asseoir. Jo se trouvait de mon côté. Il a craché son protège-dents dans la cuvette et Bodo a tiré sur la ceinture élastique de sa culotte pour lui faciliter le souffle. Ce faisant, il promenait une éponge sur les tempes de Jo en lui donnant les conseils... Les bons ! Je croyais les entendre...

— Tu l'as sonné, seulement ne t'y fie pas, il est costaud et aura récupéré pendant la minute de repos. Maintenant, il va avoir peur et restera couvert... Il va surtout protéger son menton... Donc, travaille-le au foie... comme tu es plus petit, ça te sera plus facile...

« N'appuie pas trop pour commencer afin de lui faire croire que ce sont des feintes destinées à lui faire tomber la garde... Au bout d'un moment, tu lui vises la frime, il remonte ses gants et tu lui mets tout le paquet dans l'estomac... Pendant qu'il s'écroulera, continue de l'assaisonner, tu peux pas savoir ce qu'il a la peau dure... Et surtout, gaffe à son uppercut, hein ? Tu as vu tout à l'heure comment ça démarre ? Si tu en effaces un, tu ne te réveilleras pas avant demain matin... C'est avec ça qu'il a tué Sam Quinjy... »

Gong !

Tout s'est passé suivant le plan arrêté... Il fallait être un peu lourd de nature pour ne pas comprendre... La foule avait pigé et criait à Jo :

— La boîte à ragoût, Jo !

Mais il a pris son temps... Un peu pâle, l'Allemand défendait son menton... Il parait les coups au torse mollement, soucieux de ne pas se désunir... Jo lui a donné l'impression qu'il voulait lui faire baisser les bras... Lorsque, progressivement, l'Allemand les a eu remontés assez haut, Jo a fait une esquive en biais pour se donner de l'élan... Et c'est parti ! Un des coups les plus impeccables que j'aie jamais vus… Il aurait troué une plaque de blindage ! Contrairement aux recommandations de Bodo, Jo n'a pas eu à compléter, c'était un travail parfait. Peter est tombé en avant et s'est tortillé dans la résine. L'arbitre a compté jusqu'à dix… Il aurait aussi bien pu compter jusqu'à cent.

— Jo Andryx, vainqueur !

J'ai eu mal quelque part… dans la poitrine. Ce mal, je connaissais son nom : il s'appelait la peur…

Parfaitement, à cette seconde, j'ai eu peur de rencontrer Jo… Parce que Jo était un boxeur terrible !

*
* *

Je l'ai retrouvé au vestiaire. Il était nu sur la table de massage. Bodo et Goldein discutaient dans un coin de sa loge tandis que le masseur faisait son boulot… Lorsque je suis entré – difficilement, après avoir fendu la foule des journalistes –, les deux hommes se sont arrêtés de parler. Jo m'a souri. Il n'était même pas essoufflé.

— Salut, Bob…

Je lui ai donné une tape sur l'épaule.

— Bravo, petit, tu es un grand champion… Ç'a été un travail magnifique.

— C'est vrai ?

Comme s'il en doutait !

— Je ne connais personne qui aurait pu te battre ce soir…

J'étais sincère. Le visage de Goldein s'est éclairé.

— Moi non plus, a-t-il dit avec intention en me fixant droit dans les yeux. Moi non plus, Trajo, je ne connais personne qui aurait pu le battre…

J'ai ricané.

— Pas la peine de faire des effets de théâtre, Goldein… Lorsque vous voulez mettre une intention dans vos paroles, vous faites Odéon 1910…

Il s'est renfrogné. Bodoni portait son pantalon de serge bleue et son pull à col roulé de même couleur qui constituaient son unique coquetterie vestimentaire.

Il est venu à moi.

— Tu comprends qu'une rencontre entre vous s'impose, non ?

— Tout à fait d'accord…

Le masseur en avait terminé et jetait une serviette sur le ventre de Jo…

Goldein est allé ouvrir aux journalistes. Ç'a été la ruée… Mille questions, des flashes… Des cris…

Goldein a levé les bras en criant :

— Un peu de silence ! Messieurs, écoutez-moi, je vous prie…

Ce que ce type-là pouvait être théâtral. Il a pris dans sa poche le mégot de cigare qui lui servait à se faire photographier. Il se l'est collé dans le coin de la bouche, ce qui n'a pas facilité son élocution…

— Messieurs, je vous annonce d'ores et déjà une grande nouvelle…

Le silence s'est établi, total.

— Ma prochaine rencontre sera un supergrand gala…

Il a étudié le terme et, comprenant qu'il n'existait pas de meilleur superlatif, a enchaîné…

— La voici…

De la pointe de son cigare éteint, il nous a désignés. Il y a eu une seconde d'incrédulité, puis ç'a été le tumulte…

— Titre en jeu ? a demandé un gars de *l'Équipe*.

— Non… Mais si une revanche s'imposait, il serait mis en jeu…

Pour les vieux routiers de la presse, ça voulait tout dire. D'un regard ils ont pigé que j'allais refiler mon titre à Andryx en deux temps, c'était le cas de le dire, et sans doute un peu plus de trois mouvements.

Ils sont partis comme des dératés à leurs canards pour annoncer au peuple la grande nouvelle.

*
* *

Cathy n'avait pas voulu m'accompagner. Mais elle m'attendait. Je l'ai trouvée devant la cheminée, comme d'habitude, avec son éternel pull rouge qu'elle mettait toujours dans la maison.

Je suis entré, tout nimbé d'humidité, car un brouillard de cochon rendait l'univers opaque et poisseux.

— Pas couchée ?

Comme si elle avait l'habitude d'aller au lit sans moi !

— Non, j'étais inquiète pour toi…

— Pour moi ?

— À cause du brouillard, mon chéri…

— Jo a gagné, tu sais ?

— Oui, j'ai écouté le reportage à la radio.

— Qu'a dit le speaker ?

— Qu'il avait fait un très beau combat... Que c'était un boxeur de grande classe...

— Tout ça est vrai. C'est tout ?

— Que veux-tu qu'il dise d'autre ?

— Il n'a pas fait d'allusions à... à moi ?

Elle a hoché la tête.

— Si, Bob. Il a dit que personne ne pouvait battre Jo, pas même toi. Il a dit que déjà le vrai champion d'Europe c'était lui...

Elle ne me disait pas ça pour me faire du mal, mais parce qu'elle savait qu'on me le répéterait, que des chroniqueurs étaient en train de l'écrire sur le marbre de leurs journaux...

J'ai bu un jus de fruit en l'assaisonnant d'une goutte de scotch. Elle me regardait aller et venir dans la pièce, grave, préoccupé. La chaleur faisait fumer doucement mes vêtements humides.

— Dis-moi, Bob, je voudrais te poser une question...

— Oui ?

— Crois-tu que Jo te battra ?

J'ai haussé les épaules.

— Je crois une chose, Cathy, c'est qu'il m'aurait battu ce soir... Maintenant, tu sais ce que c'est que la boxe ? Nous ne sommes que des hommes après tout, nous, les champions... Il y a des soirs où nous avons le génie, le punch... Et d'autres soirs où ça n'arrive pas à coller...

— J'ai pensé à une chose, Bob...

— Vas-y !

— Je crois que cette rencontre te préoccupe plus qu'une autre, car il s'y mêle un côté sentimental assez gênant... Pourquoi ne raccrocherais-tu pas tout de suite ?

Comme je ne répondais pas, elle a cru que son idée m'agréait et elle a poursuivi :

— Suppose que tu tombes malade... C'est facile : dix minutes de saut à la corde avec ton pardessus, maintenant... Tu te mets en bras de chemise et tu vas rentrer la voiture... Tu fais une angine, toi qui y es sujet ! Nous laisserons quelques amis de la presse te rendre visite ainsi que des confrères, afin qu'on voie que c'est vrai... Ensuite tu diras que les antibiotiques t'ont mis sur les genoux et nous irons à la montagne... Une fois là-bas, tu annonceras aux journalistes locaux que tu as envie de laisser tomber la boxe... Paris s'emparera de l'écho, on te demandera confirmation officielle de la chose. Tu la donneras et ce sera fini… Il y aura de grands papiers dans les grands journaux pour annoncer que tu te retires… invaincu, Bob !

Le mot m'a remué… *Invaincu*… C'était vrai… Pas une seule défaite à mon palmarès… Trois nuls en tout et pour tout…

J'ai été tenté d'accepter cette suggestion de ma femme. Elle me permettait de me retirer sous ma tente avec les honneurs… C'était un plan à longue échéance, bien construit, très habile… Bodoni lui-même n'y verrait que du feu.

— Alors ? a-t-elle fait…

Ma corde à sauter était posée sur la cheminée. Elle me l'a tendue… C'est son contact qui m'a fait me ressaisir. Brusquement, ç'a été très simple… Je n'ai plus eu peur.

— Non, Cathy… Pas de ça… Si j'escamotais ce combat, je me sentirais un pauvre type pour le restant de mes jours…

Elle m'a dit :

— Tu en es bien sûr, Bob ?

— Certain, Cathy…

Alors elle s'est jetée contre moi et a appuyé très fort sa tête contre ma poitrine…

— Merci, Bob. J'aime mieux ça…

— Moi aussi, ma chérie…

— Je t'aime, tu sais ?

— Je sais… Alors, que veux-tu que ça me foute de perdre mon titre ? Après tout je t'aurai, toi…

Elle s'est blottie contre moi.

— Tu ne sais pas ?

— Non…

J'ai deviné plus qu'entendu car elle avait la bouche enfouie dans mes vêtements.

— Après, nous ferons des enfants, Bob, tu veux ?

Ça m'a surpris… Des mômes ? Je n'y pensais pas… Nous avions convenu de n'en pas avoir au début de notre mariage afin de ne pas contrarier ma carrière… Et puis après, ma foi, je n'y avais plus pensé…

— Tu n'as que trente-quatre ans, Bob. C'est vieux pour un boxeur, mais c'est jeune pour un père.

— C'est vrai…

— Et moi j'en ai trente-deux, il est… Il est temps d'y penser… Tu ne crois pas ?

— Si…

Je l'ai regardée. Elle avait son petit visage confus d'autrefois, son sourire pur, ses gros sourcils.

Je lui ai pris la taille.

— On pourrait s'y mettre tout de suite ?

Elle a rougi comme une jeune fille.

— Oh !… Pas encore, Bob…

— Pourquoi attendre ? De toute façon, Cathy, dans neuf mois je ne serai plus champion d'Europe !

Le boxeur terrassé remua faiblement et fit un effort inouï pour se mettre sur le flanc.

— ... Cinq ! lâcha l'arbitre impitoyable.

Je crois pouvoir dire que jamais je n'ai préparé un combat avec autant de minutie que celui-là.

Un entraînement intensif au début, un régime sans concessions, une vie salubre comme un matin d'été, vraiment je n'ai rien négligé.

Je me suis assuré des cracks tels que Brabiouf, l'ex-champion noir (un matraqueur de première bourre) comme sparring-partners et je leur ai donné mission de me faire mal. Curieux masochisme, n'est-ce pas ? Pourtant, si l'on veut vraiment se préparer, il faut souffrir.

Je n'avais qu'une idée en tête : battre Andryx sans contestation et raccrocher en vitesse. Ma vie était réglée sur cette idée fixe comme une bombe à retardement sur l'heure prévue pour l'attentat.

À ce régime, les ans relâchaient leur étreinte. Je ne demandais que ça : qu'ils me fichent la paix un mois et ensuite j'accepterais mon âge, je n'essaierais plus de tricher. Je me faisais un peu l'effet d'une coquette passionnée qui jette ses derniers feux dans la conquête d'un ultime amant en se jurant de devenir ensuite une vieille dame.

Cathy m'aidait de toutes ses forces, de toute sa volonté. Lorsque je faisais ma course à pied elle m'escortait à bicyclette dans les petits chemins de Montfort-l'Amaury, avec un gros pull et une serviette-éponge sur son porte-bagages. Dès que j'avais fini, elle essuyait ma sueur et me faisait passer le lourd lainage. Elle me massait aussi, après mes séances de corde, et je puis dire qu'elle le faisait aussi bien que Montesquiou, mon masseur… Elle avait appris ça autrefois, à ses débuts d'institutrice, alors qu'elle appartenait à je ne sais plus quelle société de secourisme.

*
* *

Les journalistes se régalaient. Ils ne se lassaient jamais de tartiner sur « le couple idéal du ring »… Catherine Trajo, la fidèle épouse…

Ça nous semblait si simple, pourtant, cet amour tranquille.

De temps à autre, Andryx venait manger à la maison. Il ne parlait pas de son entraînement, mais je suivais la chose dans les journaux.

Nous avions adopté une attitude courageuse. Pour nous, ce combat du 26 novembre représentait un événement purement professionnel auquel ne participait pas notre amitié. Nous avions décidé une fois pour toutes de l'oublier jusqu'à l'heure H, sur le plan privé… Et il nous faisait à la fin l'effet d'un travail d'équipe auquel nous allions participer l'un et l'autre en tant que partenaires et non en tant qu'adversaires.

Lorsqu'il arrivait, toujours nanti de bouquets somptueux pour Cathy, je lui demandais innocemment :

— Ça marche, Jo ?

Et, invariablement, il me répondait en rougissant un tantinet :

— Très bien, Bob, et vous ?

— On se défend !

Là-dessus, nous éclations d'un même rire loyal...

Le repas était aussi joyeux « qu'avant ». Cathy nous préparait elle-même la popote...

— Il faut que je soigne mes cogneurs, disait-elle...

Andryx était aux anges. Le menu était aussi invariable qu'un théorème : jambon, filet de bœuf saignant, maïs grillé. C'était une recette savoyarde qui lui venait de ses grands-parents... Nous nous régalions... Après ça : yaourt et tarte aux pommes confectionnée naturellement par « la patronne ». Nous buvions un peu de bordeaux avec la viande, c'était notre seul « extra ». Comme cela faisait des années que je me nourrissais ainsi, je n'avais jamais eu le moindre ennui côté alimentation.

Les semaines passèrent... Je dosais de plus en plus mes efforts afin de ne pas risquer d'être « cisaillé » le jour du match. Je voyais assez peu Bodo. Il se consacrait à Andryx. Jo, c'était l'avenir, moi je représentais déjà le passé... En somme, c'était ma défaite qu'on préparait et pour cela on n'a pas beaucoup de conseils à recevoir.

La veille de la rencontre, après la pesée, j'ai fait trois rounds de sac, un de corde et j'ai passé l'après-midi au lit, dans la pénombre, à me relaxer. C'était difficile... Sans trêve je voyais le ring avec mon petit copain, en face de moi... Au fond nous allions avoir l'air idiot tous les deux. Je n'arriverais jamais à le considérer comme un vrai adversaire...

Le matin du grand jour, c'est lui qui m'a réveillé par un coup de fil.

— Bob ?

— C'est toi, Jo ?

— Oui... Je voulais vous dire...

Sa voix embarrassée s'est tue.

— Tu voulais me dire quoi, mon petit bonhomme ?

— Pour ce soir...

Décidément ça ne pouvait pas sortir. Je suis venu à son secours.

— Il n'y a pas besoin de parler, Jo. Quoi qu'il arrive ce soir nous demeurerons deux chics types qui s'aiment bien...

Il devait chialer à l'autre bout du fil.

— Oui, c'est ça, Bob... C'est juste ce que je voulais vous dire...

— Merci. Tu es un bon petit... Eh bien, repose-toi et... à ce soir !

Il y a eu le petit déclic du combiné. Je ne me

décidais pas à raccrocher. Cathy, qui cousait au pied du lit, près de la fenêtre, m'a regardé.

— C'est un bon gosse, a-t-elle soupiré...

— Oui.

— C'est idiot de penser que vous allez vous massacrer, ce soir !

— Je suis de ton avis, Cathy, c'est complètement idiot... Ou alors c'est cornélien, ce qui, dans le fond, revient au même...

J'avais les mains croisées derrière ma tête et je regardais le plafond d'un blanc cru où une tache d'humidité dessinait une figure tortueuse. Depuis longtemps j'avais décidé que cela représentait un rivage enchanteur et j'y habitais par la pensée... Sur cette lagune d'or j'oubliais les moches réalités.

— J'ai envie de faire un petit tour, Cathy, histoire de me dérouiller les jambes, c'est fou ce que je me sens lourd aujourd'hui !

Elle a secoué la tête.

— Il ne faut pas, Bob. Tu sais bien que ça te fait pareil toutes les fois... C'est une impression que tu as, ça vient du trac. Quand tu enjamberas les cordes, tu redeviendras souple comme du caoutchouc.

— Tu crois ?

— J'en suis certaine…

Je me suis enfoncé dans mes pensées comme dans de la boue tiède. C'est toujours ce putain de combat que j'imaginais… Je voyais partir des coups imparables, je les encaissais, et ils me faisaient mal… Ils me faisaient peur. Pourtant je n'étais pas manchot, je savais placer des droites sévères moi aussi et j'étais célèbre pour mes séries qui sapaient l'adversaire… Mais je n'avais pas envie de cogner sur la peau dorée de Jo… Sa bonne viande m'était sympathique… Je l'avais toujours considéré comme mon élève…

J'ai fait, sans appétit pourtant, un bon repas à midi, puis après une courte sieste, j'ai pris une douche et Cathy m'a fait un massage. Ensuite nous sommes partis pour Paris… Il y avait un rite auquel je sacrifiais régulièrement : avant chaque combat j'allais au cinéma… Ce bain de pénombre et ce bla-bla de gens stupides, souvent, me calmaient les nerfs…

Cathy et moi nous sommes allés dans une petite salle à Vaugirard où l'on donnait un film comique pas compliqué du tout… Quand nous en sommes sortis il faisait nuit. Cathy avait emporté les sandwiches qu'elle me fait toujours manger avant le combat... Ils se composent d'épaisses tranches de viande froide entre deux lamelles de pain breton. Puis j'ai bu un jus de pamplemousse naturel dans un bar en croquant une dizaine de morceaux de sucre... Je me sentais bien, physiquement, mais une angoisse pénible me poignait.

Nous ne parlions pas. Qu'aurions-nous dit ? Que peut dire un homme sur le point de jouer sa carrière en quelques minutes dûment chronométrées ?

Je devais passer aux environs de dix heures (sauf en cas de K.-O. dans les combats préliminaires, affirmait le programme). À huit, je suis allé dans mon vestiaire. Montesquiou, que j'avais convoqué pour cette heure-là, m'attendait avec ses flacons d'embrocation. Je me suis déshabillé et j'ai pris place sur la table de massage qui puait l'huile rance... Il y a dans ces vestiaires un remugle qui m'a toujours écœuré. Cela sent la sueur, la vapeur d'eau, la chemise sale, l'onguent, le chaud... Cathy préparait ma tenue... Sur le ring je porte une culotte bleu clair ornée d'un liséré blanc, et, quand j'arrive, j'ai sur les épaules un peignoir de soie blanche à manches kimono avec mon nom écrit en bleu dans le dos. Seule coquetterie : mes chaussures sont blanches aussi. Cette tenue est sobre, élégante… Elle va avec la couleur de ma peau. Cathy prétend que, sous les lampes à arc, j'ai la peau ocre comme dans les films en Gevacolor. Mon élégance est toujours mentionnée dans les comptes rendus, elle aussi fait partie de ma légende.

Je m'étais fait couper les cheveux un peu court deux jours avant et je les ébouriffais toujours pour entrer « en scène ». Rien, à mon avis, n'est plus symptomatique que la chevelure pour le public. Vous avez des boxeurs qui se présentent bien calamistrés, avec une raie impeccable sur le côté… Au bout de quelques minutes, leur coiffure est naturellement bousculée et leur donne l'air d'être malmenés, même si ça n'est pas vrai…

Comme j'achevais de lacer mes chaussures, Bodo est entré en coup de vent.

— Ah ! tu es prêt ? Le petit aussi, tu veux le voir ?

J'ai hésité, puis j'ai fait signe que non.

— Je le verrai tout à l'heure, Bodo…

— Ouais… Tu as raison… Il a un trac fou, le pauvre gosse !

— J'en ai autant à son service…

— Écoute, Bob, je ne veux pas y revenir, mais j'ai idée que deux gars comme vous doivent faire le nul, tu me comprends ?

— Deux gars comme nous, Bodo, feront ce qu'ils auront à faire... À propos, vous vous tiendrez dans quel coin, étant donné que vous ne possédez pas le don d'ubiquité ?

Il a eu l'air gêné.

— Nous le ferons à pile ou face, Bob, je ne veux pas avoir l'air de favoriser l'un ou l'autre de mes boys. Stefani se tiendra dans celui de l'autre...

J'ai secoué la tête.

— Laissez votre pièce de monnaie tranquille, vous risqueriez de la perdre. Vous assisterez Jo, c'est normal... Moi je suis un vieux routier, je n'ai plus besoin de conseils...

Ça a eu l'air de lui ôter un poids.

— Comme tu voudras... Merci pour lui...

Stefani s'est annoncé, le bec enfariné. Ancien poids coq au médiocre palmarès, il avait raccroché de bonne heure pour devenir l'assistant de Bodoni. C'était un gars malingre qui paraissait en train de suppurer. Je ne l'aimais pas beaucoup, et il me le rendait bien. Pourtant je lui reconnaissais un coup d'œil infaillible. Il savait mieux que personne voir la faille de l'adversaire et vous l'indiquer d'un grognement : « Il fatigue du gauche ! » ou bien « il fait une précirrhose ! » ce qui, vous l'avez compris, signifiait que l'antagoniste prenait mal les coups au foie.

Côté tenue, il pompait outrageusement son patron. Lui aussi arborait un pantalon et un pull bleus, il estimait sans doute que ça faisait plus « écurie ».

Juste avant nous il y avait un combat de welters… Deux médiocres. Goldein, assuré de bourrer avec notre combat, ne s'était pas fatigué pour l'encadrer. Les deux cloches se sont chipotés pendant les six rounds prévus, sans conclure et se sont fait siffler comme des ténors sans voix. Le chahut de la salle parvenait dans les vestiaires… Je préférais que le combat précédent soit toc… Le public, dans un sentiment naturel d'autodéfense, vous prend à la bonne d'entrée car, évidemment, la boxe de gens comme Andryx et moi est mille classes au-dessus.

À l'intensité des huées, j'ai compris que c'était la salle des grands soirs.

— On dirait qu'il y a du monde, hein ? ai-je murmuré.

Stefani a fait une grimace.

— C'est complet, mon vieux... Goldein s'arrache les crins. Il dit qu'il aurait pu mettre les rings à huit sacs, ça partait aussi bien...

— Cet enflé-là regarde toujours ce qu'il ne gagne pas au lieu de compter sa recette !

— T'en fais pas : il la comptera !

Je me suis tourné vers Cathy.

— Tu assistes à l'étripée maison ?

Elle était pâle comme une morte mais s'est efforcée de sourire.

— Oui, Bob...

Alors je l'ai embrassée doucement sur la bouche. Nos lèvres étaient pareillement froides. Puis je me suis détourné pour faire comme toujours un signe de croix. Il y en a qui le font sur le ring, ça plaît au public, toujours avide de beaux sentiments, mais je me suis refusé à ces exhibitions... Ne croyez pas non plus que je sois bigot... Seulement j'ai conservé de mon enfance une espèce de foi qui se manifeste dans les grandes occasions. Cathy n'aime pas ça, elle considère que c'est une faiblesse...

Bodo, qui était allé rejoindre Jo, a entrouvert la porte.

— Allez, go ! a-t-il jeté…

Nous sommes sortis : Montesquiou, Stefani, Cathy et moi. Les autres nous avaient précédés et, happés par la salle en délire, gagnaient le carré de lumière.

Ensuite nous sommes apparus au public.

— C'est Trajo ! ont crié les gens…

D'ordinaire, les boxeurs vont au ring en dansant pour s'échauffer. Moi qui suis pudique, je n'ai jamais pu m'y résoudre. Je vais d'un pas pressé entre les flics qui me font un double rempart… Je gravis le plus rapidement possible les marches étroites, j'enjambe les cordes, je salue brièvement d'une inclinaison de tête.

Ensuite, je m'assieds pour attendre…

Jo était debout dans son coin, pendant les salades du speaker qui parlait de nos poids. Il me souriait.

On a présenté d'autres champions qui nous ont serré la main d'un air godiche en nous souhaitant bonne chance à tous les deux… Et puis l'arbitre nous a réunis au centre du ring. Bla-bla d'usage… Comme d'ordinaire nous avons répondu par un signe de tête. Au lieu de nous serrer la main, c'est peut-être idiot, nous nous sommes embrassés… Le public a hurlé de plaisir.

Je suis allé à mon coin et, tandis que Stefani me collait mon protège-dents dans la bouche, j'ai regardé autour de moi pour essayer d'apercevoir Cathy… Je ne l'ai pas vue. J'ignorais où elle était allée se nicher, la pauvre. Dans cette foule immense il n'y avait pas moyen de la repérer. À mes pieds, au banc des journalistes, Max Favalelli m'a adressé un petit clin d'œil amical. C'était rien peut-être à côté des hurlements chaleureux du public, mais ça m'a fait plaisir parce que au moins c'était sincère. Le public hurlerait aussi bien son mépris dans un instant si j'effaçais un mauvais coup… Il est changeant comme une girouette.

L'arbitre a fait claquer ses doigts pour nous demander d'ôter nos peignoirs. Puis il a fait signe au chronométreur et le coup de gong m'est tombé sur la nuque comme un seau d'eau fraîche.

Je me suis dit : « Ça y est, Bob, tu joues ton passé… »

Je suis allé sans me presser à la rencontre de Jo. Nous avons appuyé nos quatre gants les uns contre les autres avant de tomber en garde.

Jusque-là j'étais affreusement contracté. Et puis

le sortilège s'est opéré… Ça n'a plus été Jo qui s'est trouvé derrière les gants, mais un adversaire… Un adversaire à battre.

Nous nous étions si souvent entraînés ensemble qu'au début j'ai eu l'impression d'une redite. Mais j'ai perçu l'immense moutonnement des dix mille visages qui nous entouraient… Non, c'était sérieux cette fois.

Au cours de ce premier round nous n'avons rien fait d'autre que de nous tourner autour en nous regardant comme deux pauvres cons à travers nos gardes serrées… La foule s'est mise à siffler, à hurler : « Battez-vous, feignants ! » mais nous étions sans initiative. Jo tout comme moi, ne savait pas non plus par quel bout commencer. Je venais de tout oublier de mon métier… Je ne savais que tenir mes poings remontés devant mon visage… Ç'a été long et pénible… Nous avons esquissé quelques échanges mous qui n'ont trompé personne… « Chiqué ! » beuglait un hystérique…

Le gong nous a délivrés de l'envoûtement. Je me suis assis sous les huées. J'ai adressé du bout du ring un geste d'impuissance à Jo. Il était pâle.

— Ça, m'a grommelé Stef, c'est un round pour la peau… Non seulement vous allez faire un match nul à ce train-là, mais encore un combat nul…

Il ne se donnait même pas la peine de me bassiner.

— M… ! a fait l'ancien coq, battez-vous, quoi ! Vous êtes des hommes !

J'ai soupiré.

— Ta gueule. Stef, ou c'est toi qui dégustes, je suis à cran, les plombs sont prêts à sauter !

Il n'a pas insisté. Le gong a résonné de nouveau et le public s'est arrêté de siffler car nous nous sommes attrapés, Jo et moi, comme deux chiffonniers. Ç'a été le corps à corps d'entrée. Nous étions autant survoltés l'un que l'autre. Nous avions besoin d'expulser cette électricité… Pendant deux minutes nous nous sommes rendu coup pour coup avec une rapidité et une ardeur féroce. La foule trépignait… Je ne sentais pas les coups de Jo, pourtant je savais qu'ils faisaient mal… Après j'allais être drôlement courbatu…

Épuisés, nous nous sommes arrêtés… Les applaudissements des connaisseurs ont succédé aux vociférations des fanatiques. Quelques secs échanges, encore, puis fin de la deuxième reprise…

J'aurais donné n'importe quoi pour voir Cathy…

Son doux visage me manquait. J'ai regardé Favalelli tandis qu'on m'épongeait le visage. Cette fois il n'a pas eu le moindre tressaillement. Son visage de brave-homme-triste était impénétrable.

— Bon Dieu, me disait Stefani, vous avez repris les choses en main. C'est nul également, Bob… Mais dans le bon sens…

Il m'a murmuré, juste comme le gong retentissait.

— Intéresse-toi à son menton…

J'ai été frappé par cette évidence… C'était vrai que Jo se tenait trop en avant… Une ardeur sauvage m'a embrasé. Si je pouvais l'allonger à cette reprise ! Il avait toute sa vie pour récupérer… Après ça, moi je laissais tomber le cuir, c'était juré !

Il devait être animé d'intentions similaires car il avait l'œil sombre que je lui avais vu au cours de son match contre Peter.

Il m'a filé un gauche-droite à la face que j'ai intercepté très bien… Puis il m'a taquiné au foie et je l'ai laissé faire ; dans ces cas-là j'avais une façon de plier un peu l'estomac qui me faisait un bouclier de ma propre chair.

C'est au cours d'un crochet qu'il me mettait au

foie que j'ai pu tirer ma droite. Un vrai feu d'artifice. L'espace d'un éclair j'ai aperçu son menton bien dégagé et, en même temps que je pensais « je vois son menton », ça partait. Il a encaissé l'uppercut imparable… Ses yeux se sont brouillés… Il est tombé à genoux !

Ce ramdam dans la salle ! J'ai cru que les tribunes s'écroulaient ! Une charge d'éléphants n'aurait pas fait plus de bruit… Le sol tremblait… J'étais le noyau d'un bruit monstrueux qui me disloquait le tympan.

L'arbitre m'a fait signe de gagner mon coin et s'est mis à compter Jo. Je fixais celui-ci. En moi un hymne montait comme une fumée d'encens…

« Merci, mon Dieu… Faites que ça soit fini… Faites qu'il… »

J'ai regardé Jo… Son regard est redevenu lucide comme une eau troublée que son courant clarifie.

À six il était debout. Et c'est à cet instant qu'il m'a fait peur. C'est à ce moment-là que j'ai compris quel beau boxeur il était.

Le combat a repris. Jo avait remis son menton à l'alignement… Il boxait prudemment… Le round a été fini presque tout de suite.

— Tu l'as dans la poche, m'a prévenu Stefani… Qu'est-ce que je te disais : son menton…

J'ai grogné une approbation.

— T'as vu comme il est descendu, l'indescendable ? Son premier knock-down !

C'était vrai… Jamais Andryx n'avait encore mis le genou à terre.

— Je crois qu'il aura récupéré, méfie-toi parce qu'il voudra sa revanche…

— Hmm, hmmm !

— Promène-le… Sa bile partira en marchant… Ensuite tu lui chercheras encore le menton. C'est son seul défaut : il pointe ! N'essaie pas de l'avoir en corps à corps, il a plus de souffle que toi… et il est plus rapide…

C'était vrai. Ç'allait être le thème des comptes rendus de demain : la science contre la jeunesse généreuse…

Quatrième round ! Stefani avait raison, comme toujours… Jo n'a rien laissé passer et m'a cherché la mâchoire avec une obstination déconcertante… Je voyais dans son coin Bodo qui, travaillant contre moi pour la première fois, faisait signe à Jo de m'asticoter en force…

Je parais avec la volonté farouche de ne rien

laisser passer. Tout de même j'ai pris plusieurs mauvais crochets à la face. Ils ne m'ont pas ébranlé mais m'ont fait cependant très mal. Ce round a été en faveur de Jo... Le cinquième aussi qui a été une réplique du précédent... Le combat devenait monotone.

— Voilà que vous pioncez, m'a dit Stefani après la cinquième reprise...

C'était la mi-combat... Je suis parti d'un bon élan pour la suite. J'ai dominé le six... Nous avons été mous au sept... Et c'est au huit que l'accident s'est produit. Le danger, dans ces combats c'est qu'on « s'endort » en effet. On finit par prendre l'habitude du danger et une louche torpeur vous envahit insensiblement.

Nous nous livrions à un échange classique. Il y avait un rythme, une cadence dans notre boxe. Et soudain, Jo l'a rompu pour me glisser une droite sur l'arcade gauche... J'ai vu une nuée d'étincelles dorées. Vite j'ai fermé ma garde... Ça pissait épais sur mon œil... Jo s'est déchaîné et m'a tiré une de ces rafales que je n'ai pas pu contenir. Il était puissant ! Il était efficace... J'en prenais partout... Je savais que je ne descendrais pas, mais il me malmenait à sa guise, m'envoyait dans les cordes, me reprenait, s'évertuait... Crochets, uppercuts, crochets, crochets... La gauche, la droite ! J'avais l'impression de dévaler un ravin en laissant aux ronces des lambeaux de mon individu... Toute ma volonté était concentrée dans ce mot : « tenir ». Tenir ! TENIR ! Ne pas aller au tapis ! Rester debout... Il allait se fatiguer, ce salaud ! Je devinais ce qu'il éprouvait... On se fatigue parfois plus à frapper qu'à encaisser. Je me disais... « Ça fait mal, mais ça le pompe... Tiens le coup, Bob... Et surtout ne rate pas la sortie... Tu peux le cueillir après cette série-là... »

Je n'entendais plus la foule. J'étais soûl de coups... Il avait mille mains, ce cochon-là ! C'était Bouddha !

Enfin ça s'est arrêté... J'avais le corps en feu. J'ai essayé un contre fulgurant, mais il avait sauté en arrière en me lâchant, prévoyant cette réaction.

J'ai un peu flotté en avant... J'avais de grandes zébrures rouges dans la vue et mon adversaire me semblait danser dans un brouillard pourpre... À travers le mugissement de la foule, j'ai perçu le tintement du gong. Un instant je me suis demandé s'il annonçait la fin ou bien au contraire le début de la reprise... Et puis ça s'est tassé un peu, j'ai aperçu Stefani qui me faisait signe d'avancer vers lui… J'ai craché mon protège-dents et me suis laissé tomber lourdement sur le tabouret…

Stef m'a soigneusement épongé, puis il a mis du collodion sur mon arcade pour stopper l'hémorragie… Il a desserré ma ceinture en tirant dessus et m'a massé le cœur… Je suis redevenu moi-même.

Dans le coin opposé, Jo me regardait avec inquiétude… Je lui ai adressé une grimace…

— Qu'est-ce qu'il m'a passé ! ai-je murmuré.

Stefani semblait grincheux.

— Il a des feintes inouïes, a-t-il dit… Tu ne sais jamais où il va cogner… Couvre-toi car autrement tu descends… Jusque-là vous devez en être au nul, avec ce coup-là il a rétabli son petit knock-down du début…

— Tu crois ?

— Tu connais les juges, hein…

Il y a eu le vrombissement de la présonnerie. Puis, le gong… J'ai marché sur Jo. J'avais un avantage pour l'instant… Pendant la minute de repos il s'était rendu compte qu'il m'avait ébranlé et ça l'avait troublé… Il n'osait plus poursuivre son action. Il fallait que j'emploie les grands moyens… Il fallait que je couche ce petit matraqueur… Bon

Dieu, que devait-elle penser de moi, Cathy ? Elle avait dû trembler…

Jo dégageait une chaleur que je percevais…

J'aurais donné un bras pour revoir son menton, comme tout à l'heure. Oui, un bras, l'autre me suffisant pour conclure le combat.

Je l'ai asticoté prudemment, aux flancs, aux bras… Il répondait par des contres timorés… Alors j'ai pris un risque terrible, pour le forcer à frapper je me suis découvert. C'était un champion, il n'allait pas laisser passer ça… Il existe des réflexes dont nous ne sommes pas maîtres… En effet, ç'a été instinctif… Sa droite est partie… Comme j'étais placé je ne pouvais pas l'éviter, mais seulement la soulager… Tandis qu'elle arrivait je me disais : « Pourvu que je l'encaisse bien !… » Ç'a été un fameux gnon… Ma tête a vibré et j'ai « entendu » le bruit claquant du cuir contre ma joue… Mais mon geste de recul a amolli le choc. Moi j'étais prêt à frapper.

En même temps que je recevais je lui ai placé un direct précis entre les yeux… Il a chancelé, j'espérais qu'il tomberait sur ce coup-là et que ça serait torché, mais non… Il est parvenu à surmonter son vertige, la figure cachée derrière ses cuirs… Je cognais dans ses bras pour faire baisser la garde… C'était en vain… Mes coups me faisaient mal… J'étais follement encouragé par la salle.

— Vas-y, Bob ! Tu l'as ! Poursuis ! Il est à toi !

J'enrageais… Non, il n'était pas à moi… Il récupérait pendant que je m'escrimais, ce salopard ! J'avais beau faire le forcing, c'était râpé… Autant cogner sur un pilier d'église…

À la fin j'ai laissé choir… Le combat a repris, un peu heurté, avec de légers accrochages que l'arbitre sanctionnait immédiatement par un « break » rageur. Et ça nous a menés jusqu'à la fin de cet avant-dernier round qui était nettement pour moi, ce qui, d'après mes calculs, devait me revaloir l'avantage.

C'était aussi l'avis de Stefani.

— Si tu fais le dixième round comme ça, Bob, tu es vainqueur…

J'apercevais Bodoni, en face… Il me masquait Jo. De temps à autre il me jetait un regard réprobateur… Il semblait m'exhorter au calme. Il tenait à son nul, ce marchand de viande ! Eh bien, il pouvait se l'arrondir ! Ce serait pour une autre fois. Je les avais prévenus, Goldein et lui, que je jouerais le jeu…

Lorsque le gong du dix a retenti, j'étais presque joyeux... Jo est venu à moi, enveloppé dans ses bras. Nous sommes restés cinq secondes immobiles... Puis il m'a porté un une-deux dans les bras. J'ai voulu répondre et sa patate monumentale m'est arrivée au menton.

Oui, c'était un grand boxeur. J'avais déjà rencontré pas mal de cracks, mais aucun n'avait jamais eu à tel point l'art de décocher un coup imparable. Tout s'est disloqué dans ma tête... Je me suis senti mou-mou... Mes jambes ont faibli... Je n'ai plus rien vu...

Et pourtant je ne suis pas tombé... J'étais droit, j'éprouvais une douleur lointaine au côté gauche... Du temps passait. L'arbitre hurlait, à travers mon inconscience je reconnaissais sa voix... « Break ! Break ! » Il me donnait des tapes sur l'épaule...

Pourtant je ne m'accrochais pas... Je... C'est revenu... On se remet d'un K.-O. aussi vite qu'on le subit. J'ai tout réalisé...

J'ignore combien de personnes se sont rendu compte de la chose, hormis Bodoni, Stefani et... l'arbitre... En me voyant sonné, sur le point de m'écrouler et de me faire compter dix, Jo s'était rué sur moi… Il m'avait coincé dans les cordes, avait mis sa tête contre la mienne, passé son bras gauche sous mon aisselle droite et m'avait soutenu, mine de rien, tout en me martelant le flanc gauche pour donner à croire qu'il tentait de me démolir… Oui, il avait fait ça… La salle n'a rien pigé… Elle a sifflé parce qu'elle a cru que je m'accrochais… Jo m'a regardé. Nos deux visages se touchaient. Il a vu à mon œil que j'étais d'aplomb et il a reculé. Je lui ai lancé un bolo-punch mou comme une chique. Ça c'était du cinéma. Il m'a pris au front et il a fait mine d'en être affecté… Il a basculé en arrière, a battu l'air comme pour rattraper un équilibre compromis… On m'a applaudi ! Nous avons tourné en rond un moment… J'étais de nouveau en forme… J'ai fait du corps à corps en me disant que ça usait la dernière minute et que ça faisait de l'effet. La salle, divisée, hurlait nos noms avec un égal enthousiasme. À l'applaudimètre on n'aurait certainement pas pu nous départager…

La finale a retenti… Il y a eu une salve d'applaudissements… Des photographes ont enjambé le ring et se sont mis à nous mitrailler. Jo m'a pris par la taille pendant qu'on nous tirait le portrait.

J'étais dans une rage glacée contre lui. Je ne lui pardonnais pas le grand geste qu'il avait eu... Ce formidable cadeau me rendait fou. Pourtant, en vraie catin de la gloire, je souriais aux objectifs, tout en donnant des tapes affectueuses à la nuque d'Andryx... Pendant ce temps, les juges confrontaient leurs fiches...

Je me demandais ce que serait le verdict. On pouvait accorder la décision à l'un ou à l'autre car « visuellement » le combat avait été équilibré... Chacun de nous deux y avait essuyé des faiblesses et pris des avantages...

Le speaker est monté dans la cohue des photographes. On lui a tendu le micro.

— Allô ! allô ! Match nul !

Voilà. Je le savais depuis toujours. C'était ce qu'avait voulu Goldein. Ce qu'avait voulu Bodo... Ce qu'avait voulu Jo, surtout... Il fallait un nul... Maintenant on pouvait mettre le titre sur le tapis. Il était à la portée de ce merdeux magnanime !

Il y a eu des bravos, des sifflets, des protestations...

Mais lorsque nous avons regagné le vestiaire on nous a fait un même succès...

J'avais la démarche lourde et j'étais essoufflé.

Montesquiou et Cathy m'attendaient dans mon vestiaire. Ils m'ont souri sans rien dire... Je suis allé prendre une douche froide, puis je me suis allongé sur la table. Jamais je n'avais autant eu besoin de me faire masser.

— Beau combat, m'a dit Montesquiou...

J'ai fermé les yeux pour échapper à l'aveuglante lumière de l'ampoule qui pendait au-dessus de ma tête.

— Et toi, ai-je lancé à Cathy, qu'en penses-tu ?

— Ç'a été magnifique, a-t-elle murmuré d'une voix incertaine.

Stefani venait de boire un coup. Il est entré, une canette de bière à demi vide à la main.

— Eh bien, dis donc, m'a-t-il fait, ça ne s'est pas trop mal passé ?...

J'ai coupé.

— Dis à Bodo de venir ici tout de suite.

— Il est avec Goldein et les journalistes.

— J'emmerde Goldein, j'emmerde les journalistes. Va chercher Bodo !

— Bon...

Il a entrouvert la porte... Il y avait une grosse rumeur dans les couloirs...

— On peut entrer ? a demandé un reporter du *Parisien* en passant la tête par l'entrebâillement.

— Non ! ai-je hurlé, foutez-moi la paix…

Bodo est arrivé… Il était grave et satisfait. Ça se voyait à ses yeux dont il ne parvenait pas à cacher l'éclat joyeux.

— Qu'est-ce qu'il y a ?

J'ai écarté Montesquiou d'un revers de bras et me suis assis sur la table.

— Bon, vous êtes content, Bodo ?

— Ma foi, n'est-ce pas ce que nous avions espéré ?

— C'est ce que VOUS aviez espéré… Vous avez vu ce qui s'est produit au début du dix ?

Il m'a fait signe de me taire… avec des mimiques très expressives.

— Parlons pas de ça, Bob.

— Parlons-en, au contraire… Ne parlons que de ça ! Si Jo ne m'avait pas littéralement porté après son coup à la face, je me laissais compter out, j'étais groggy comme je ne l'ai encore jamais été de ma putain de carrière !

Bodo s'est assis près de moi sur la table. Cathy préparait mes vêtements de ville… Montesquiou se lavait les mains au lavabo... Stefani nous regardait, avec impudeur, sa bouteille de bière à la main.

— Bob, je t'avais prévenu que Jo est plus fort que toi...

— D'accord, il me l'a prouvé. Mais moi je l'avais prévenu que je n'accepterais pas de cadeau !

— Tu n'avais même pas la force de le refuser. Écoute, petit, tu as été un grand champion, tu mérites de te retirer sans un K.-O. à ton palmarès... Il a bien fait !

— Un grand champion n'a pas plus droit à des combines de faveur qu'un minable, Bodo ! Je vous annonce une chose. Puisqu'il en est ainsi, j'abandonne la boxe dès maintenant ! Merci pour le cadeau et allez vous faire aimer, bande de cons !

Il ne s'est pas fâché.

— Si tu abandonnes maintenant, Bob, le titre échappera à Jo. Il y aura des éliminatoires dont Pétruci saura tirer profit...

— C'est bien fait, il n'avait qu'à jouer franc jeu...

Cathy a posé mon pantalon sur une chaise et s'est approchée. Elle était pâle et ses yeux traduisaient une intense réprobation.

— Bob, a-t-elle dit. Je te défends de parler ainsi. Jo a été magnifique ce soir. Par affection pour toi il a sacrifié le bénéfice éclatant d'une victoire avant la limite sur le champion d'Europe !

« Vous appelez ça un cadeau, dans votre jargon : moi j'appelle ça de l'héroïsme ! Si tu places ton honneur outragé avant ton cœur, Bob, c'est que tu n'es pas l'homme que j'aime… C'est que tu n'es qu'un pauvre m'as-tu-vu gâché par la gloire ! Tu vas accorder sa revanche à Jo, tu ne peux pas faire autrement. Il le mérite doublement maintenant. »

J'ai levé la main pour la gifler. Bodo m'a saisi le bras. Je les ai regardés, tous… Stefani a bu sa bière pour se donner une contenance… Montesquiou rangeait ses huiles dans sa trousse de toile cirée…

— Très bien, ai-je déclaré… Je ferai ce que vous voudrez. Mais mettez rapidement cette revanche sur pied, qu'on en finisse. J'ai hâte d'aller vendre des fraises !

Le boxeur se dressa sur un coude et parut regarder des espaces infinis. Puis il se laissa retomber en arrière.

L'arbitre baissa le bras une nouvelle fois et dit :

— … Six !

L'ÉLÈVE A FAILLI DONNER LA LEÇON AU PROFESSEUR !

J'ai lu l'article et j'ai envoyé promener le journal. Arthuro, mon domestique, l'a ramassé avec un air de muette réprobation et l'a plié soigneusement.

— Foutez-moi cette saleté au feu ! ai-je ordonné.

Il l'a roulé en boule et, docilement, l'a jeté sur le feu de bûches. L'imprimé a commencé à roussir en dégageant une épaisse fumée brunâtre puis il s'est enflammé... J'ai regardé flamber le journal avec satisfaction. Une satisfaction très idiote du reste. Ce quotidien tirait à cinq cent mille et je ne pouvais prétendre mettre tous les exemplaires au pilori !

Et puis ce qu'il disait était l'expression de la vérité. L'élève n'avait pas seulement failli, il AVAIT donné la leçon au professeur.

Dans l'ensemble, la presse trouvait le résultat équitable, mais tous les chroniqueurs affirmaient que je serais battu en quinze rounds... On commençait déjà à tresser la couronne, ou plutôt la ceinture, de Jo Andryx...

Qu'il ait tenu la limite devant moi constituait déjà un exploit. Mais qu'il m'ait mis en difficulté à deux reprises, cela dépassait tous les pronostics.

Allongé sur un divan, je remâchais ma rancœur... L'idée du second combat m'affolait. Je savais que je le perdrais. C'était mathématique. Jo était un type presque indescendable et la force, l'inattendu surtout de ses coups, contraindraient n'importe qui à abdiquer.

Seulement, dans un combat comptant pour le titre, il mettrait la gomme et je serais K.-O. Cette fois il ne me retiendrait pas. Du reste, qu'il ait pu le faire relevait du miracle ! Miracle que je ne me sois pas écroulé pile ! Miracle que j'aie été presque adossé aux cordes… Miracle qu'il ait eu la force de me tenir en continuant de frapper.

Oui, il y avait un magistral K.-O. en perspective. Après ça, on dirait en me voyant raccrocher qu'il m'avait « tué » et sa popularité n'en serait que plus sûrement établie.

Ce qui me faisait rager, ça n'était pas ma défaite… Elle était normale et puis, comme l'avait dit si justement Cathy, on n'en meurt pas. Non, c'était qu'elle me vînt de ce gosse que j'avais pris en amitié, que j'avais un peu façonné, éduqué… À qui j'avais enseigné certaines de ces bottes secrètes qui me terrassaient maintenant.

Cathy est entrée avec des feuillages roux, cueillis dans une haie voisine. Elle allait, comme chaque automne, en faire macérer la tige dans de la glycérine afin de pouvoir les conserver tout l'hiver. Il faisait froid et ses joues étaient toutes rosies.

Elle ne m'en voulait pas de mon geste de la veille. C'était la seule fois de ma vie où j'avais failli la gifler, elle savait que seuls mes nerfs exacerbés étaient en cause.

— Il ne fait pas chaud, a-t-elle dit.

Elle est venue m'embrasser. Je l'aimais comme le naufragé aime son île. Lorsqu'elle s'est baissée, une belle feuille blonde s'est détachée de sa gerbe et m'est tombée sur la joue. Je m'en suis emparé : elle était douce et froide comme la bouche de Cathy.

À cet instant il y a eu un bruit de klaxon sur un rythme convenu. Je le reconnaissais. Nous nous sommes regardés, elle et moi.

— On dirait Jo ? a-t-elle murmuré.

— Je n'ai pas envie de le voir !

La veille, après le combat, j'avais filé en douce par la sortie des artistes tandis que l'on congratulait cet idiot. Je m'étais abstenu de lui serrer la main, mais il tenait à encaisser ma reconnaissance sans doute. Il venait la chercher à domicile.

— Bob, sois gentil avec lui, je t'en prie !

— Oh ! écoute, Cathy… Tu ne me comprends donc pas…

— Mais si, seulement, encore une fois, l'orgueil est un sentiment mesquin… Il n'en sort jamais rien de bon… Et toi, mon chéri, tu es la bonté même…

Elle m'a embrassé. J'avais encore ses lèvres sur

les miennes lorsque Jo Andryx est entré. Cette fois il n'avait pas de fleurs.

Il a toussé, comme ils le font au théâtre lorsqu'ils veulent soi disant signaler leur présence. Une petite toux enrouée parce qu'elle se voulait discrète.

Nous l'avons regardé. Il était triomphant... Heureux, gentil... Je l'ai haï comme jamais je n'avais haï personne et j'ai décidé que j'allais le tuer.

Comprenez, c'était un besoin. Il me fallait sa mort pour pouvoir alimenter ma vie. Sa fin était devenue un combustible nécessaire.

Plusieurs fois, au cours d'une vie, on souhaite confusément la mort de son prochain. Mais, dans mon cas, c'était plus qu'un souhait : une impérieuse nécessité, je vous le répète.

Lorsque j'ai eu décidé de le faire, j'ai été délivré.

— Je vous dérange ? a-t-il demandé.

Il était rouge de confusion, un peu aussi de jalousie, toujours à cause de Cathy. J'étais certain qu'hier il avait « fait ça » pour elle et non pour moi.

— Salut, Jo... ai-je soupiré. Tu viens voir ta victime ?

Il a haussé les épaules.

— Oh ! ma victime… Elle n'inspire pas beaucoup de pitié…

Catherine l'a embrassé.

— Vous êtes un chic garçon, Jo.

Il n'a su que répondre. Je me suis levé.

— Un drôle de combat, hein, Jo ?

— Oui… Je n'aimerais pas le refaire…

— Et pourtant nous le referons… Tu n'as pas encore une idée de la date ?

Ça lui a échappé :

— Le 14 décembre…

Il avait déjà vu Goldein et consorts… Ces messieurs avaient drôlement précipité les choses… Dans trois semaines ! C'est tout juste s'ils avaient respecté les six jours de délai devant figurer obligatoirement entre les deux combats d'un boxeur.

Il s'est troublé.

— M. Goldein m'a convoqué ce matin pour me demander si ça me suffisait comme préparation…

« Les salauds ! On l'avait convoqué, lui le petit crack montant ! Et moi, le champion d'Europe, on ne m'avait même pas consulté… »

— Vous trouvez ça trop rapproché, Bob ?

— Non ! Le plus tôt sera le mieux, je l'avais dit

hier à Bodoni. Tu seras champion d'Europe avant la fin de l'année. Jolies étrennes, non ?

— Parlez pas comme ça, Bob... Rien n'est fait !

— Tu sais bien que si... À propos, merci pour ton précieux concours d'hier. Sans ton bras secourable je me couchais pour le compte !

— Pensez-vous, a-t-il mollement protesté.

L'hypocrite ! Il jouait les saints discrets... Je lui aurais cassé les dents à coups de talon. Comment avais-je pu témoigner autant de sympathie à ce gosse ? S'il m'avait épargné, la veille, c'était d'abord parce que Bodoni le lui avait demandé... Et puis...

Je me suis tourné vivement vers Cathy ; elle nous considérait d'un œil rêveur.

— C'est un grand champion, pas vrai, Cathy ?

— Vous m'avez fait rudement mal aussi, a assuré Jo. La première fois surtout, j'ai cru que j'allais être K.-O. !

— Et pourtant tu m'as soutenu ?

— C'était normal...

— Jo, j'aimerais savoir à quel mobile tu as obéi. Quand on boxe, même un ami, on ne tient plus compte des sentiments... Moi, je n'avais qu'une idée en tête : te démolir...

Il a haussé les épaules.

— C'est pas pareil. Vous êtes un dur à cuire, Bob. Tandis que moi...

— Toi, tu es un jeune homme sentimental. Tu devrais te promener avec une fleur à la bouche pour prévenir les gens...

Mon ton l'a surpris. Il a sourcillé.

— Bob, quand je vous ai vu l'œil trouble, j'ai eu peur, et...

— Et ?...

— Et honte, un peu, je ne sais pas comment vous expliquer... Alors voilà, n'en parlons plus !

Il est parti peu de temps après, ayant refusé l'invitation à déjeuner de Cathy.

Dans l'après-midi, j'ai reçu un coup de tube de Goldein. M. Gueule-en-or me faisait l'honneur de m'informer que le combat-revanche aurait lieu le 14 du mois suivant.

— Je sais, lui ai-je dit, j'ai vu Jo Andryx, il me l'a appris...

Il ne s'est pas ému pour autant.

— Vous avez fait un bon combat, hier, Trajo. Un peu mou et contracté au début, mais fameux dans l'ensemble. Je crois que ça a plu et que vous aurez une sacrée bourse le 14…

— Pour la dernière, autant qu'elle soit substantielle !

— Elle le sera. Oh, dites, j'ai des projets pour vous, pour après !

— Non ? pas possible !

— Si ! Il ne faut pas raccrocher, Trajo… Il y aura encore de l'argent à gagner. Je vous opposerai à Kaoui, puis à Durocher !

— C'est ça, je servirai de test aux secondes zones, et après je vendrai le programme, histoire de pousser ma carrière aussi loin que possible…

— Mais…

— Écoutez-moi bien, Goldein, vous n'êtes qu'un négrier, et s'il y avait vraiment une justice sur cette bon Dieu de planète, on devrait vous expédier dans un cul-de-basse-fosse…

Il a mugi :

— Dites donc, malotru, vous croyez que je vais me laisser injurier par un boxeur fini !

J'ai raccroché ! Il a rappelé cinq minutes plus tard. C'est Cathy qui a pris la communication et elle a arrangé les choses avec sa délicatesse coutumière.

Moi je ne voulais plus entendre parler de la chose, j'avais d'autres préoccupations : la mort de Jo par exemple.

*
* *

Cette effroyable décision de tuer Andryx vous semblera bien sommaire dans sa cruauté. Quoi ! Une question de jalousie professionnelle exaspérée et j'allais franchir la ligne ! J'allais devenir un assassin, moi ? Moi, le plus pacifique des êtres ? Le père tranquille de la boxe ?

Je conçois votre réaction, pourtant laissez-moi vous dire que ce sursaut dépassait mon propre raisonnement.

Si, rentrant à l'improviste chez moi, j'avais trouvé ma femme dans les bras d'Andryx, vous auriez admis que je le tue. Eh bien, ce que j'ai éprouvé à la minute où il est entré chez moi, son petit air gentil peint sur le visage, était de la même flambée meurtrière. La seule différence c'est que je ne l'ai pas abattu tout de suite… Pourtant sa mort, pour moi, a eu lieu à ce moment-là, le reste n'a été que le geste de ma pensée. Qu'on ne me parle pas de préméditation ! La préméditation concerne la préparation de la pensée meurtrière, pas le meurtre. Bien sûr, c'est compliqué à faire admettre, compliqué aussi à expliquer, mais j'essaie pourtant car je voudrais tellement que vous aperceviez le fond de ma détresse…

Je n'ai pas prononcé dix paroles au cours de la journée. Cathy respectait mon silence qu'elle prenait pour du chagrin. Et moi, embusqué comme une araignée au fond de mon amertume, je passais en revue tous les moyens possibles de tuer Andryx.

J'ai envisagé de « bricoler » sa voiture, car il conduisait comme un fou… Mais j'ai pensé qu'un accident pourrait faire d'autres victimes et j'y ai renoncé. L'idée m'est venue aussi de l'empoisonner. Je n'ai pu m'y résoudre… C'est une arme lâche que le poison. Une arme de femme ou d'espion. J'avais beau me dire que seul le résultat importait, je me sentais néanmoins cerné par des limites humaines impossibles à franchir.

Le mieux était encore de l'abattre au coin d'une rue après m'être ménagé un alibi…

Plus j'y pensais, plus je penchais pour cette solution. Elle n'était pas celle de la facilité pourtant. Je savais que Jo s'entraînait dans une petite salle, près de *Villiers*. Il la quittait vers sept heures du soir, c'est-à-dire à la grosse nuit en cette saison !

Comme il remisait sa voiture dans une petite rue déserte, près de là, je pouvais m'embusquer, l'attendre et le descendre sans grand risque… Seulement, il me fallait un emploi du temps increvable, sinon je pourrais être confondu par la police, si jamais les soupçons s'orientaient sur moi.

*
* *

Le lendemain je n'avais pas trouvé la solution de mon problème et, en outre, je n'avais plus la moindre envie de tuer Jo. Il faisait beau, la radio jouait une musique tzigane échevelée, Arthuro chantonnait en promenant l'aspirateur, Cathy ourlait des rideaux de mousseline… Tout était simple et tranquille.

J'étais sans haine, sans orgueil… Je me moquais de la boxe et du vilain tour qu'elle allait me jouer. Après tout, n'étais-je pas comblé ? J'étais riche, j'aimais une femme qui me le rendait bien, je possédais la gloire… J'avais trente-quatre ans… Que désirer de mieux ?

Loin d'être une victime, je passerais pour un petit malin... Pourquoi ne pas laisser en douce mon titre à Jo, puisque les tout-puissants en avaient décidé ainsi, et ne pas ficher le camp pour une croisière autour du monde ? J'étais certain que je pourrais faire du journalisme avec l'aide de ma petite institutrice... Tiens, c'était une fameuse idée... Si je prenais contact avec un grand canard pour voir ce qu'il en pensait ?

Cathy a été ravie de mon visage rayonnant.

— Oh ! mon amour, m'a-t-elle dit en se jetant contre moi, comme je suis heureuse de te voir ainsi...

Je me suis assis pour prendre mon petit déjeuner. Arthuro, suivant les instructions, avait préparé les journaux près de mon bol. J'en ai ouvert un à la page des sports, naturellement. On ne parlait presque plus du match, sauf pour annoncer la prochaine rencontre...

J'ai lu l'éditorial d'un reporter très connu. Et alors instantanément ma joie s'est évaporée. J'ai retrouvé, intacte, cette haine qui m'avait calmé, la veille.

Le plumitif écrivait :

Une nouvelle rencontre ne fera que confirmer notre certitude, à savoir que Jo Andryx est imbattable. Il prendra le titre de Trajo comme il le voudra et quand il le voudra ; à moins, naturellement, qu'il ne fasse montre envers son aîné de la touchante sollicitude de la dernière fois.

J'ai achevé ma lecture, posément. À travers les lignes j'assistais à « mon meurtre ». Il se construisait avec précision... Je le visionnais comme s'il avait été projeté sur cette feuille de journal choisie comme écran.

Tout s'organisait, s'enchaînait... J'avais immédiatement une réponse à chacune des objections que je me faisais... Je me libérais. Mon crâne martelé par quinze années de boxe enfantait quelque chose d'admirable. J'étais fier de moi...

Il fallait que ce fût vite fait. Je ne pouvais vivre avec ce projet plus longtemps. Il devait « sortir » de moi.

Mais auparavant il fallait que je donne à Bodoni et à Goldein l'impression que j'avais pris mon parti des événements.

Après avoir expédié mon corn-flakes j'ai décroché le téléphone. J'ai sonné d'abord le matchmaker. Il arrivait tôt à son bureau. C'était ce genre d'homme qui redoute toujours de laisser passer le coup de fil ou la visite lui apportant une bonne affaire.

— Allô ! Goldein ?

— J'écoute…

— Trajo…

— Ah ! Eh bien, vous…

— Je m'excuse pour hier, j'étais à cran… Et puis la nuit porte conseil. Je crois que je ne raccrocherai pas tout de suite, en effet. Seulement, après mon dernier combat de super-vedette, j'aimerais travailler un peu à l'étranger… Vous comprenez ? Me faire gentiment oublier par ici… Vous ne pourriez pas arranger ça ?

Il était frétillant et me pardonnait tout ce que je voulais.

— Mais si, Bob, mais si, mon cher ami, je trouve que c'est une bonne idée. Que penseriez-vous de l'Afrique du Sud ? On me demande des boxeurs à prix d'or, là-bas… Avec votre nom vous pouvez réaliser un maxi !

— D'accord, j'adore les bougnouls. Naturellement ma femme m'accompagnera, prévoyez-la dans les billets de contrat…

Il a ri de son gros rire qui ressemblait à une pelletée de fumier lancée sur une plaque de tôle.

— Naturellement, homme vertueux ! Alors vous êtes partant ?

— Mais oui. Dans le fond, ça me changera les idées... Et puis, j'ai toujours aimé voyager...

— Je vais conclure les conditions pendant que vous êtes encore champion d'Europe, ça me permettra d'avoir les dents longues !

— Le gars qui vous les limera n'est pas encore établi dentiste !

Ça l'a follement amusé.

— Sacré Trajo, je savais bien que vous étiez un homme posé. Vous verrez la galette que vous ramasserez « encore » après...

— Et vous aussi !

J'ai posé le combiné sur sa fourche et demandé l'appartement de Bodoni. Il venait à peine de se réveiller. Je l'ai mis au courant des propositions de Goldein et je lui ai dit que je les acceptais sauf opposition formelle de sa part. Il m'a dit que c'était une belle idée.

— Pas trop gros sur la patate, Bob ? a-t-il fait au bout d'un moment de conversation.

Il avait un instinct féminin.

— Pff… Vous dire que je suis heureux… Mais enfin…

— Tu tiens le bon bout !

— J'espère !

— Parole ! C'est un sale moment à passer, mais il y a des trucs plus graves dans la vie !

Je me demandais bien lesquels.

— À bientôt, Bodo…

— Hé, dis… Ça t'ennuierait si je m'invitais à bouffer chez toi dimanche ?

— Au contraire !

— J'ai besoin de m'aérer. Dans ces salles d'entraînement on finit par avoir les soufflets mités !

— À dimanche…

— On parlera de l'avenir…

— C'est ça !

Après avoir raccroché, j'ai murmuré entre mes dents :

— Non, Bodo, dimanche, ce sera certainement du passé que nous parlerons !

*
* *

L'après-midi, je suis allé à Paris. Mais je n'ai piloté ma voiture que jusqu'à la station suivante.

Là, je l'ai garée et j'ai pris le train pour la capitale. J'ai commencé par m'acheter une grosse casquette à carreaux et des lunettes noires. Je me suis collé dans la bouche tout un paquet de chewing-gum et, en mâchouillant, je suis allé dans un office de location d'autos...

J'ai pris un formidable accent amerlock. Ça m'était facile, car j'ai vécu aux États lorsque j'ai disputé les Golden Gloves et je parle passablement l'anglais.

J'ai brandi un paquet de dollars en demandant une voiture à louer.

On m'a proposé une 4 CV presque neuve, j'ai accepté... Seulement il fallait le passeport... J'ai dit qu'il était à mon hôtel et que je l'apporterais en rendant la voiture. J'ai laissé une forte caution en dollars, ce qui a fait beaucoup d'effet... Puis j'ai donné comme nom James Spring, hôtel Scribe...

En partant, au volant de l'auto, j'ai téléphoné à l'hôtel Scribe pour réserver une chambre au nom de James Spring, de Los Angeles.

Ceci afin de ne pas filer les chocotes au loueur de bagnoles s'il lui prenait fantaisie de téléphoner pour vérifier mon existence...

Puis j'ai pris le chemin du retour tranquillement. J'ai changé de voiture là où j'avais laissé la mienne et suis rentré chez moi le plus naturellement du monde.

Le soir, j'ai demandé à Cathy pourquoi elle n'allait pas chez sa couturière se faire faire des toilettes d'hiver. Je lui ai dit que je comptais beaucoup sortir, après mon match du 14.

— Bon, a-t-elle soupiré, j'irai…

— Vas-y demain… Je me reposerai encore, et puis après-demain « nous » reprendrons l'entraînement…

— Comme tu voudras…

J'ai bien dormi cette nuit-là, pas du tout du sommeil tourmenté d'un homme s'apprêtant à en supprimer un autre le lendemain.

Elle a pris le train du matin. Avant son départ, je lui ai dit que j'avais mal à la gorge et que j'allais musarder dans la maison sans sortir. Elle devait rentrer au train de 9 heures, le soir…

J'avais donc le temps de tout mettre au point sans m'affoler. J'avais en tête les différentes péripéties de l'expédition…

Notre propriété est entourée d'un vaste jardin en pente à l'extrémité duquel s'élève un romantique colombier drapé de lierre.

Après le départ de Cathy et tandis qu'Arthuro faisait le marché, j'y ai porté des souliers, un complet et un pardessus à moi. Puis je suis revenu croupir auprès de la cheminée en attendant le retour du valet de chambre.

J'ai regardé la télévision en déjeunant. Ensuite j'ai dit à Arthuro d'emmener la voiture chez notre garagiste pour un graissage complet et une vidange. J'ai recommandé qu'il vérifie les vis platinées pendant qu'elle était chez lui...

L'Italien est parti. Le garagiste se trouvant à 200 mètres de là, il n'en a pas eu pour longtemps. En son absence j'ai dévissé le récepteur téléphonique et j'ai ôté la plaque sensible pour le rendre inutilisable. J'ai caché cette dernière dans un vase vide... Comme j'achevais cette opération, Arthuro est revenu du garage, je l'ai appelé.

— Il la prend tout de suite ?

— Si, Monsieur, nous l'aurons cesté soir !

— Très bien...

J'étais en pyjama, les pieds dans des mules vernies.

— Oh ! Arthuro, j'ai envie de faire une balade dans la campagne, elle est formidable en cette saison... Seulement j'ai la flemme de m'habiller, apportez-moi les grosses galoches et la pèlerine...

Il s'est empressé, heureux que je lui fiche la paix cet après-midi-là. Il allait pouvoir fumer en faisant le ménage et chanter des canzonnettes napolitaines de sa voix de ténor pour noces et banquets.

J'ai enfilé les galoches, jeté la longue houppelande sur mes épaules et coiffé un bonnet tricoté par Cathy...

— Je dois avoir bonne mine, comme ça, non ?

Il m'a regardé complaisamment, se retenant de sourire.

— Qué fa, a-t-il murmuré, Monsieur ne va pas à ouna réceptionne ?

Je suis parti à travers le jardin jonché de feuilles jaunes. D'un pas de flâneur, j'ai gagné le colombier. Là, je me suis débarrassé de la pèlerine et des galoches. J'ai passé mon complet par-dessus mon pyjama et je suis sorti de la propriété par le portillon du fond qui ferme au verrou.

Je connaissais un petit chemin creux qui évitait le village et fonçait à travers champs vers la localité voisine, là où m'attendait la 4 CV. Il m'a fallu vingt minutes pour l'atteindre. La veille, je l'avais laissée dans un renfoncement constitué par une bascule publique désaffectée. Personne à l'horizon ! J'avais relevé le col du pardessus et mis mes fameuses lunettes noires et ma casquette de touriste.

J'ai foncé en direction de Paris. Avant Trappes, j'ai ralenti pour repérer un coin propice... Il y avait une usine incendiée dont les ruines noires se dressaient non loin de la grande route.

J'ai ouvert le chétif portail de bois qui la clôturait et j'ai dissimulé la voiture derrière la haie vive. J'en ai fermé les portes à clé, par mesure de sécurité, mais j'étais bien tranquille : personne ne viendrait la chercher ici...

Ces dispositions terminées, je me suis rendu à la gare où j'ai pris le train pour Paris.

Je suis allé à pied de Saint-Lazare à Villiers en remontant la rue de Rome. Il faisait un temps assez doux, avec de brèves ondées.

C'est alors que j'ai eu un frisson dans le dos. J'avais oublié de prendre une arme, tout simplement ! Voilà bien les plans habilement ourdis ! On creuse les moindres détails, et puis on oublie le fait essentiel.

Je me suis arrêté, le cœur battant, ne sachant si je devais renoncer à mon projet ou bien... improviser. J'ai opté pour la seconde solution. Après tout, j'étais parti « pour ça » et je n'allais pas me laisser arrêter en si bon chemin, alors que tout s'était admirablement déroulé jusque-là. Pour retrouver de telles circonstances, pour les recréer du moins, il me faudrait du temps. Cathy n'était pas prête de retourner seule à Paris, je devais rendre la voiture de louage et puis... j'avais peur que le temps n'émousse ma volonté.

Je suis allé jusqu'à la salle d'entraînement, je l'ai dépassée sur le trottoir d'en face et j'ai obliqué dans la petite rue où Jo remisait sa voiture... Elle y était... Maintenant, je n'avais plus qu'à attendre l'arrivée de mon challenger. Pourvu qu'il fût seul ! C'était le genre de bon garçon qui charrie toujours une meute de ratés à ses frais.

J'ai attendu plus d'une heure en jetant des regards de plus en plus angoissés à ma montre. Il s'éternisait, cet idiot...

Il était 6 heures et demie lorsqu'il a tourné le coin de la rue. Une vague chaude a inondé ma poitrine : il était seul.

J'ai attendu qu'il s'installe à son volant, puis je suis sorti de l'ombre après avoir ôté mes lunettes et j'ai frappé à la vitre opposée. Il s'est baissé pour regarder, m'a reconnu.

— Bob ! a-t-il fait en m'ouvrant la portière de droite, quel hasard !

— Ce n'est pas un hasard, vieux, je te cherchais…

— Que se passe-t-il ?

— Je vais te demander un grand service…

— Je vous en prie…

— Figure-toi que je suis tombé en panne et, pour tout arranger, j'ai raté le train. Je n'en ai pas avant 8 heures et demie, ce qui me mettra à près de 10 heures à la maison, car tu sais que j'habite loin de la gare… Or, ce soir, c'est l'anniversaire de Cathy et je sais qu'elle a préparé un bon petit repas… Je vais lui gâcher la soirée, ça t'ennuierait de m'emmener ? Tu boufferais avec nous, elle serait contente…

Il a eu l'air contrarié.

— C'est que…

— Tu as un empêchement ?

— Un rendez-vous important avec un type de *Match* qui veut faire un grand papier sur moi…

— À quelle heure, ce rendez-vous ?

— Huit heures… À la Belle Ferronnière !

Je m'efforçais de penser vite.

— Bon, alors écoute, fonçons à la maison. À 8 heures, nous y serons et tu téléphoneras à ton journaliste que tu es en panne en banlieue... L'appel venant de l'extérieur, ça fera plus vrai...

J'ai pris un temps.

— À moins que cela ne t'ennuie trop, naturellement.

— Mais au contraire, Bob, je suis ravi... Bon, nous ferons comme ça, O.K. !

Et nous sommes partis...

Il pilotait une Porsche décapotable qui fonçait comme le vent. J'étais un peu fébrile, car je n'avais toujours pas d'arme. Et Jo n'était pas le genre de gars à qui on peut faire le coup du lapin...

Avant de quitter Paris, il s'est arrêté devant un grand fleuriste.

— Je vais prendre des fleurs pour Cathy !

— Mais non, tu plaisantes !

— Dites, son anniversaire, vous ne voudriez pas tout de même.

Sans m'écouter davantage, il est entré chez le fleuriste. Ce détail a failli me faire renoncer à mon projet. De le voir, paisible, joyeux à travers la vitre embuée du magasin me causait une peine sourde.

Pourtant, maintenant nous étions en route pour notre destin, lui et moi. Et puis, que dirait Jo en arrivant à Montfort où Cathy ne se trouvait pas encore ?... Que dirait-elle de mon escapade à Paris et de ce soi-disant anniversaire ? J'avais tissé derrière moi un mur de mensonges qui m'empêchait de reculer.

J'ai ouvert la boîte à gants dans l'espoir d'y trouver une arme, mais elle ne contenait que des cartes routières et une peau de chamois.

J'ai ramé sous la banquette et alors j'ai mis la main sur une clé à molette de forte taille. Dans ma main, ça pouvait devenir une arme terrible. J'ai mis l'outil dans la poche intérieure de mon pardessus. Jo arrivait, portant une corbeille d'azalées qu'il avait dû payer dans les dix mille balles ! Il l'a posée précautionneusement à l'arrière, tout content.

— Tu as fait des folies, petit...

— Pensez-vous, Bob ! Cathy est tellement gentille...

Oui, c'était vrai, Cathy était gentille.

Nous avons pris l'autoroute, et tourné à l'embranchement de Dreux... Nous sommes passés à la hauteur de Trappes. Il faisait une nuit épaisse, mouillée. La lumière des phares en était multipliée. Je regardais avec attention pour ne pas rater l'usine incendiée. Enfin je l'ai aperçue sur la droite.

— Ça t'ennuierait d'arrêter, Jo ?

— Qu'y a-t-il ?

— Besoin de pisser, c'est tout.

Il s'est rangé sur la droite et je suis descendu. L'air humide était poisseux et on le respirait mal... Il vous glaçait l'intérieur. J'ai fait ce que j'avais prétendu vouloir faire... Je me sentais triste et perdu. Je n'avais pas peur de ce que j'allais commettre, c'était pour moi maintenant une espèce d'implacable nécessité, mais j'étais triste parce qu'il existait de ces nécessités-là !

J'ai pris la clé anglaise et l'ai assurée dans ma main en la dissimulant cependant.

Doucement, j'ai appelé :

— Jo !

Il a mis le nez à la portière.

— Oui ?

— Viens voir un peu...

— Quoi ?

— Un drôle de truc, là, dans l'herbe...

Il est descendu et s'est approché de moi. J'ai jeté un coup d'œil sur la route. Il venait de se produire une espèce de trêve dans la circulation, comme cela arrive souvent… Je me sentais seul, puissant.

— Quoi, Bob ?

— Regarde dans le fossé, tu ne vois pas comme un pied ?

Je lançais ça au hasard, d'une voix sans doute étrange, malsonnante.

Jo s'est incliné. J'ai levé la clé à molette et la lui ai abattue sur la nuque…

Il a poussé un gémissement et il est parti en avant.

Ses mains griffaient l'herbe mouillée.

Je me suis agenouillé près de lui, respirant fort. Il avait les yeux ouverts. Son regard brillait dans l'obscurité.

— Bob, geignait-il, Bob… Pourquoi… Bob ?

J'ai frappé de nouveau, une fois, deux fois… Il s'est tu… J'ai palpé sa tête, elle était toute molle, derrière… Ma main s'est insinuée jusqu'à sa poitrine… Je ne percevais rien, mais comme j'avais des gants…

J'ai arraché celui de droite avec les dents et j'ai palpé cette large poitrine tiède… Non, fini ! Plus rien : le silence… Le formidable, l'incompréhensible silence de l'éternité.

J'ai remis mon gant, glissé la clé anglaise dans ma poche et relevé le capot arrière de l'auto puisque c'est là que se tient le moteur dans les Porsche.

Des phares ont éclaté, derrière moi, au sommet de la côte… Je me suis tenu incliné sur le capot en espérant que la masse sombre de Jo sur le talus n'attirerait pas l'attention… La voiture est passée en miaulant.

J'ai tiré Jo derrière l'auto et l'ai allongé à gauche de la bagnole, sur la route… J'espérais qu'on conclurait à un accident… D'un geste sec, j'ai arraché le fil de la bobine… Oui, ça pouvait très bien faire illusion. Il était tombé en panne, était descendu pour voir de quoi il s'agissait… Puis il avait fait un pas de côté au moment où un chauffard passait…

J'ai couru en direction de l'usine… La petite auto m'y attendait patiemment. En prenant place derrière son volant, mes mains se sont mises à trembler si fort que j'ai été incapable de mettre le contact tout de suite…

J'étais affolé. Mais cet affolement ne ressemblait pas à ce que vous pouvez imaginer. Il était bon et me calmait les nerfs…

Je me disais : « Voilà, c'est pas plus difficile que ça ! Jo ne sera jamais champion d'Europe. JAMAIS ! »

J'ai manœuvré et pris une petite route secondaire pour éviter le... le lieu de l'accident. Déjà je voyais s'y coaguler des lumières ! Il s'agissait maintenant de ne plus moisir en route !

J'ai foncé jusqu'à Montfort et j'ai laissé la 4 CV dans un renfoncement, près d'une hostellerie... Il y avait toujours des voitures en stationnement à cet endroit, personne n'y prêterait attention.

Mon jardin... Le colombier... Je me suis dévêtu dans le noir... J'ai jeté la pèlerine sur mes épaules, enfilé les galoches...

Huit heures sonnaient au clocher...

D'un pas pesant, j'ai dévalé le sentier.

La salle poussa une clameur en voyant le boxeur remuer de nouveau et se mettre sur les genoux.

L'arbitre compta :

— ... Sept !

J'ai poussé la porte-fenêtre et suis entré dans la salle commune.

L'éternel feu de bûches que nous entretenons dès les premières brumes de septembre brillait dans la vaste cheminée. Il finissait par ressembler à ces feux de bûches artificiels qu'on utilise au théâtre et qui fonctionnent à l'électricité.

J'ai appelé :

— Arthuro !

Mais c'est Cathy qui a surgi. Elle était en robe de chambre et semblait très inquiète. En l'apercevant, j'ai senti mes jambes se dérober sous moi.

Elle m'a dévisagé avec attention, sans parler… Elle a vu la pèlerine, le pyjama, les galoches…

— D'où viens-tu ? a-t-elle fini par demander.

— De faire une promenade, Cathy… Tu es déjà là ?

— Je suis arrivée au début de l'après-midi, tu venais de sortir… Le père de ma couturière est mort et elle n'était pas chez elle. Alors, je suis rentrée… J'étais en souci pour ta gorge…

— Oh ! ça n'était rien…

— Sortir en pyjama ! A-t-on idée… Qu'as-tu fait ?

— Que veux-tu que j'aie fait ? Je suis allé me balader à travers les bois. Tu sais combien j'aime ça… Naturellement, je ne pensais pas m'attarder à ce point… Mais figure-toi que j'ai eu soif. Je suis entré dans un petit bistrot de campagne… Il y avait des jeunes gens qui m'ont reconnu. J'ai bu le coup avec eux… Et voilà…

— Ce n'est guère raisonnable.

Pourquoi avait-elle l'air de ne pas croire ce que je lui disais ? Son regard fixait mes galoches. J'ai incliné la tête… Les chaussures encaustiquées par Arthuro brillaient. Elles ne paraissaient pas du tout m'avoir promené à travers la campagne boueuse.

Je n'ai rien dit. Après tout, Cathy devait bien se douter que je n'étais pas allé courir les filles dans cette tenue !

Nous avons dîné sans parler... Je pensais à Jo, à son regard brillant dans le noir, et j'entendais sa voix feutrée me poser cette effrayante question :

— Pourquoi, Bob ?

Pourquoi avais-je fait ça ? Pour conserver mon titre ? Pour ne pas subir l'humiliation d'être battu par un jeune gars que j'avais moi-même façonné ? Par jalousie ?

Maintenant, je ne savais plus bien. Et il était mort... Il n'existait plus. Ses deux poings ravageurs étaient à jamais cloués contre ses jambes. Il ne se mettrait plus en garde, il ne dépêcherait plus de ces coups imparables qui faisaient hurler les foules et grimacer ses adversaires...

— À quoi penses-tu, Bob ?

Elle aurait dû dire « à qui ». J'évoquais aussi les fleurs, à l'arrière de la Porsche... Cette belle corbeille qu'il était si fier d'apporter à ma femme.

— À rien, Cathy... Je suis fatigué ! Laisse-moi tranquille ce soir...

Elle ne parlait pas beaucoup non plus.

Tandis qu'Arthuro desservait, elle a tourné le

bouton de la télé. Le domestique empilait les assiettes.

— Oh ! à propos, Arthuro, la voiture ?

— Elle était prête, Monsieur... Le garagiste a dit qué ça né vénait pas del vis, ma dé bougies...

— Parfait...

Le poste de télévision commençait à capter des images pâles et brouillées... C'était un reportage de football en Eurovision. Nous l'avons regardé, elle et moi, parce que c'était un moyen pratique de rester ensemble sans avoir besoin de parler.

Lorsque la retransmission a été achevée, Cathy m'a conseillé d'aller au lit.

— Si tu veux vraiment commencer ton entraînement demain, Bob, il te faut du repos... Tu sais que le sommeil te réussit !

— Je n'ai pas sommeil... Je commencerai doucement... Laisse, on va regarder la suite du programme, je crois qu'il y a un film après.

C'était une bande très ancienne. Un succès d'avant-guerre qui m'avait laissé un souvenir que je croyais impérissable mais qui me déçut profondément. Le cinéma est, je crois, de tous les arts, celui qui vieillit le plus mal. J'ai trouvé le sujet grandiloquent, la façon dont il était traité, sommaire et sa mise en scène cousue de grosses ficelles.

Ensuite, la speakerine a annoncé la dernière émission du journal, précédée comme toujours des nouvelles de dernière heure…

Pendant le film, j'avais presque oublié mon crime, ou du moins il était passé à l'arrière-plan de ma pensée. Mais la vue du carton portant les mots « Dernières nouvelles » m'a ramené à la réalité.

La voix du commentateur parlait d'événements internationaux susceptibles de compromettre la paix.

— Fermons, a soupiré Cathy. Ça me fait mal d'entendre ça.

Déjà je tendais la main vers l'interrupteur. Et mon geste s'est interrompu une fraction de seconde avant que débute l'annonce, comme si une antenne ultra-sensible en moi l'avait perçue…

« On nous communique à l'instant une triste nouvelle qui va affecter profondément le monde sportif : le jeune espoir de la boxe, Jo Andryx, a été victime d'un accident d'auto ce soir à Trappes. Le malheureux boxeur, atteint d'une double fracture du crâne, aurait été tué sur le coup. Rappelons que Jo Andryx devait rencontrer le 14 du mois prochain notre grand champion Bob Trajo pour le titre européen… »

Après ça, j'ai tourné le bouton, le rectangle de lumière s'est dilué presque instantanément sur l'écran laiteux.

Le plus difficile restait à faire : regarder Cathy.

J'ai fait un effort. Elle était pâle et clouée par la stupeur. Je ne devais pas être coloré moi non plus.

— Tu as entendu ? ai-je balbutié.

Elle n'a pas répondu tout de suite. Elle secouait la tête d'un air lamentable et un peu incrédule.

J'ai insisté :

— Jo est mort !

Cathy s'est levée lentement. Elle s'est mise à marcher d'un pas incertain dans la pièce. Je suivais ses évolutions avec hébétude… Jamais je n'avais eu une notion aussi aiguë du temps qui passe. Je sentais grincer les secondes dans les rouages de l'univers…

— Trappes, ai-je murmuré, il devait venir ici…

Elle est venue à moi. Elle semblait en état d'hypnose. Elle n'était pas là. J'avais vu un jour des photographies de médium dans une revue consacrée à l'occultisme, eh bien, elle avait tout à fait ce regard absent et ce visage immatériel.

Sa voix n'était pas vivante, elle non plus.

— *Bob*, a-t-elle soupiré, *pourquoi as-tu fait ça ?*

*
* *

Si le ciel m'était tombé sur la tête, je n'aurais pas été plus stupéfait, plus anéanti.

Voilà qu'elle faisait sienne la question du moribond... *Pourquoi, Bob ?*

Je me suis efforcé au calme, comme sur le ring lorsque je viens de la sentir passer.

— Qu'est-ce que tu racontes, Cathy... J'ai fait quoi ?

J'ai « entendu » ma voix. Elle était naturelle. Elle contenait juste ce qu'il fallait de curiosité.

Cathy s'est passé la main sur le front et a paru se réveiller. Elle m'a regardé.

— Oh ! je suis folle, Bob !

— Mais explique-toi... Pourquoi m'as-tu dit ça ?

— J'ai eu comme... comme une vision atroce. Je crois que ça vient de tout à l'heure lorsque je t'ai vu entrer, tu étais bizarre. Et puis je t'avais attendu toute la journée avec une impression de malaise, comme si...

— Oh ! je t'en prie, Cathy ! Ne dis pas de monstruosité ! Ce n'est pas le moment de fabriquer du mauvais cinéma. Tu as entendu, dis ? Jo est mort ? Un accident de voiture…

— Le malheureux, a-t-elle sangloté. Il conduisait toujours si vite !

— Hélas !…

— Tu crois qu'il venait ici ?

— Dame, Trappes est sur le chemin… Tu l'avais invité ?

— Non…

— Il voulait peut-être nous faire une surprise…

Elle n'a pas réagi.

— Qu'est-ce qu'on fait ? ai-je soupiré. Crois-tu que je doive y aller ?

— Où ?

— Ben… à Trappes !

— Il n'y est peut-être plus…

— Tu penses bien que si. On ne véhicule pas un mort comme ça ! Il faut du temps, des paperasses…

Elle hésitait.

— Arthuro ! ai-je appelé, sortez la voiture…

Il est arrivé, les yeux bouffis de sommeil ; il s'apprêtait à monter se coucher.

— À cesté heure, Monsieur ?

J'ai éprouvé le besoin de lui dire la nouvelle :

— Mon ami Andryx vient de se tuer en voiture…

— Madona !

Il a amorcé un signe de croix qui est resté inachevé.

Cathy m'a saisi le bras.

— À quoi bon aller là-bas, Bob ?

— Mais… Je ne sais pas… Il faut le voir… Il faut savoir… Si tu ne veux pas venir, j'irai seul.

Elle a eu un mouvement de tête.

— Très bien, allons-y…

Je suis allé m'habiller. J'ai pris une gabardine, ayant laissé mon pardessus dans le colombier.

Elle passait un manteau d'astrakan et nouait un foulard de soie blanche sur ses cheveux.

— Il faut mettre ton pardessus, Bob, tu vas prendre froid ainsi…

J'ai haussé les épaules.

— Mais non, ne t'inquiète pas…

Heureusement, elle n'a pas insisté. Arthuro venait de sortir la voiture et la faisait tourner pour la chauffer.

— Voulez-vous qué jé conduise, Monsieur ?

C'était une idée…

— Vous êtes gentil, Arthuro, oui, volontiers.

Il est allé mettre un duffel-coat noir par-dessus sa livrée orange.

Comme c'était une voiture sport, nous avons dû nous mettre à trois devant. Nous étions trop serrés, mais j'avais besoin d'un contact animal…

— Où est-ce, Monsieur ?…

— Trappes !

Je n'ai pas regardé la route, mais seulement le profil tourmenté de Cathy. La nouvelle l'avait profondément affectée. Elle aimait bien Jo. Pas d'amour, naturellement. Je savais qu'elle n'aimerait jamais un autre homme que moi, c'était la fille d'un seul homme. Mais elle était sensible à celui, fervent, que lui témoignait le jeune homme. Et puis, l'annonce d'un accident provoque toujours un choc. Les humains qui se font tant de mal ont cette phobie de la mort violente. Je crois que cela relève plus de la peur que de la pitié. C'est la précarité de notre vie qui les affecte… Ils s'identifient aux victimes. « Pour qui sonne le glas ! »

Moins d'une heure après, nous arrivions à Trappes. Je n'ai pas sourcillé en passant sur les lieux de « l'accident ». Je ne pouvais pas me le permettre. La première réaction de Cathy m'avait infiniment troublé... Je la redoutais maintenant. Elle avait un sixième sens qui m'affolait.

Arthuro pilotait prudemment, contrairement aux Italiens qui sont les conducteurs les plus rapides et les plus téméraires du monde. Il a ralenti à l'embranchement de la localité.

— Où dois-je aller, Monsieur ?

— Je ne sais pas, il doit bien y avoir une gendarmerie ou un commissariat de police par là !

Devant un café ouvert, des jeunes gens palabraient. J'ai fait signe à Arthuro de stopper à leur hauteur. Je les ai interpellés.

— Hé ! dites, les enfants, vous êtes au courant de l'accident ?

C'était de cela qu'ils s'entretenaient car ils m'ont immédiatement répondu en chœur :

— Oui, m'sieur...

L'un d'eux m'a reconnu.

— Hé ! les gars, a-t-il murmuré, c'est Bob Trajo...

Du coup, nous avons été entourés.

— Vous venez voir vot' pauv' copain, m'sieur Trajo ?

— C'est ça, oui... Où l'a-t-on mis ?

— Attendez, on va vous mener, c'est derrière la mairie, dans la remise de la pompe à incendie... Y a déjà plein de journalistes...

Ils se sont mis à courir de chaque côté de l'auto que mon domestique conduisait au pas. Nous avons débouché sur une place. Tout au fond, il y avait des lumières, des autos, des groupes...

— C'est là-bas, m'sieur Bob !

— Merci, les enfants...

Ils ont continué de nous faire escorte pourtant.

Notre arrivée a été un régal pour les photographes de presse. Ils n'auraient jamais osé espérer un cliché pareil ! Pensez : Bob Trajo devant la dépouille mortelle de son challenger « et ami » Jo Andryx...

À partir de cet instant, je ne sais plus très bien tout ce qui s'est passé. J'ai été entouré d'éclairs... Des mains se sont tendues, que j'ai serrées... On m'a pris le bras. Moi, je me cramponnais à celui de Cathy. On m'a fait entrer dans une vaste remise éclairée par une grosse ampoule nue au bout d'un fil... Il y avait là la pompe à incendie, toute rouge, dont les cuivres brillaient. À droite, par terre une bâche était étendue... Il y avait un corps... Une sorte de couverture sale de laquelle dépassait une paire de jambes, des pieds chaussés de daim bleu.

Près de la dépouille se tenait Bodoni. Un Bodoni très pâle dont le visage s'était allongé. Il m'a reconnu...

— Ah ! a-t-il fait, tu as entendu aussi les informations ?

— Oui...

Il y avait des larmes dans ses yeux. C'était la première fois que je le voyais pleurer.

— Un gosse ! a-t-il soupiré.

Il s'est écarté. On avait rabattu le coin de la méchante couverture qui masquait le visage du mort. Jo était là, ou plutôt la statue de lui-même. Il y avait un peu de sang sous son nez et il était d'une pâleur extraordinaire. Notre pâleur à nous autres n'en était pas une comparée à la sienne. On lui avait fermé les yeux, mais il ne semblait pas dormir, non : il semblait mort ! Mort pour de bon, mort pour toujours.

J'ai dit ce qu'on doit dire en pareil cas :

— Le malheureux ! Comment est-ce arrivé ?

Le plus fort, c'est que j'avais vraiment la curiosité de l'accident. Moi qui savais mieux que quiconque, je demandais vraiment comment cela s'était produit. Parce que, enfin, ce qui compte, chez nous, les civilisés, ce ne sont pas nos actes, mais leurs conséquences. La version de la mort de Jo seule avait une importance collective.

Bodoni n'en savait rien. Il venait d'arriver, alerté lui aussi par les informations de dernière heure. C'est un journaliste qui nous a renseignés.

— Il est tombé en panne sur la route… Le fil de sa bobine, paraît-il, qui s'est débranché. Il a soulevé le capot de sa voiture… Puis il est revenu à l'avant, sans doute pour y prendre sa trousse d'outils. Une voiture qui le doublait a dû le happer… Toujours est-il qu'un maraîcher qui survenait au volant de sa camionnette l'a trouvé étendu sur le macadam… Il était mort… Le médecin du pays qui l'a examiné prétend qu'il a été tué sur le coup… Il n'a pas souffert, monsieur Trajo… Que ce soit du moins pour vous une consolation…

Pas souffert ! J'ai regardé le visage glacé. Il y avait encore sur ce masque de mort comme un reflet de la question qui avait été ses derniers mots :

— Bob, pourquoi ?…

Jo était mort sur un point d'interrogation, et ça ne doit pas vous aider à franchir le pas.

Nous sommes sortis. J'ai songé à regarder ma petite Cathy. Elle semblait mieux que chez nous. Je crois que la vue du cadavre lui avait causé une réaction favorable.

— Allons boire un alcool, a décidé Bodoni.

Il s'est penché, a pris le coin de la couverture et, avant de le laisser retomber sur le visage immobile, a murmuré, pour soi :

— Tu étais un grand champion, Jo... On n'est pas près de te remplacer...

J'étais mou intérieurement. Maussade, sombre... Je n'éprouvais pas à proprement parler du chagrin, mais bien un regret confus... Le temps me durait de Jo. J'aurais voulu tuer sa carrière, mais pas tuer sa personne.

— Il y avait plein de fleurs dans sa voiture, a dit un gars de la presse.

Cathy s'est arrêtée.

— Il venait à la maison, a-t-elle balbutié. Il m'apportait toujours des fleurs.

Nouvelle aubaine pour les chevaliers du stylo. On allait lire de fameux papiers, demain...

Le café de la place faisait des affaires d'or à cause du va-et-vient. Nous avons atterri sur une banquette rouge, au fond de l'établissement, près de la machine à disques… Je ne sais quel con d'ivrogne a fait jouer de l'accordéon. Les gens ont protesté… On a viré l'ivrogne, mais l'appareil s'est libéré de ses trois minutes de musique.

— Vous prenez un rhum, Cathy ? a demandé Bodoni.

C'était curieux. Il avait repris sa voix normale, mais les larmes continuaient de couler sur son visage.

Cathy a secoué la tête.

— Non, un thé… J'ai froid…

Arthuro se tenait debout près de la porte, je lui ai fait signe de venir s'asseoir à notre table. J'ai pris un rhum avec Bodoni. Il a froncé les sourcils en m'entendant passer la commande.

Jusqu'où allait se nicher la déformation professionnelle. J'ai haussé les épaules… Il a réalisé combien cette entorse au régime était de peu d'importance comparée à la chose qui venait de se produire.

Des journalistes venaient de téléphoner à leur canard car les rotatives tournaient déjà, rue Réaumur, rue Montmartre, au Rond-Point des Champs-Élysées.

L'un d'eux, un vieux avec un pardessus en poil

de je ne sais quoi, râpé, qui n'avait pas dû se laver depuis huit jours, s'est approché de notre table, une tasse de café noir à la main.

— Rien à déclarer de spécial, Trajo ?

Il avait un petit regard porcin et à distance il puait des pieds.

— Si…

Les autres se sont rapprochés.

Je me suis raclé la gorge. La main de Cathy s'est crispée sur mon bras… Pourquoi ? Que redoutait-elle ? Bodoni a essuyé ses larmes d'un revers de manche.

— Vous savez, ai-je dit, que je devais mettre mon titre en jeu contre Jo, le mois prochain ?

Ils ont opiné.

— En toute franchise, je pense qu'il m'aurait battu. C'était un phénomène de la boxe. Notre dernier combat avait été très dur pour moi…

Je me suis tu. Le vieux journaliste a soufflé sur son café trop chaud.

— Ce que vous dites est tout à votre honneur, Trajo !

Bodoni ne voyait pas du tout ou je voulais en venir… Cette confession publique ne lui plaisait guère. Il me faisait les gros yeux pour m'enjoindre de la boucler, mais j'évitais son regard de croquemitaine.

— Je veux dire ceci, ai-je poursuivi. Je ne mettrai mon titre en jeu devant personne d'autre que lui. Vous pouvez annoncer à vos lecteurs que pour moi c'est liquidé... Du reste, j'ai l'âge de la retraite.

Il y a eu des exclamations, une nouvelle ruée vers la cabine téléphonique. Bodoni s'est levé.

— Hé ! les gars, a-t-il crié, ne vous bousculez pas... Bob est sous le coup de l'émotion... Ne prenez pas pour argent comptant ce qu'il vous dit !

J'ai grommelé.

— Je dis ce que je pense, Bodo, pas la peine d'y revenir...

— Attends un peu, que diantre... Nous ne sommes pas là pour parler boxe ! C'est d'un inconvenant !

L'argument m'a frappé.

— Vous croyez ?

J'ai regardé Cathy...

— Qu'en penses-tu, chérie ?

— Rentrons...

— Oui, tu as raison...

Je me suis levé. Le bistrotier, tout confus, m'a

demandé un autographe pour son môme... La vie continuait, quoi !

*
* *

Comme nous nous mettions au lit, j'ai demandé à Cathy :

— Pourquoi m'as-tu serré le bras lorsque j'ai dit à la presse que j'avais une déclaration à faire ?

Elle a réfléchi.

— Je crois que j'ai eu peur...

— De quoi, Cathy ?

— De... de ce que tu allais dire, Bob...

Je lui ai pris la tête à deux mains.

— Et que croyais-tu que j'allais dire ?

— Je... je ne sais pas... Quelque chose de compromettant pour toi !

— Écoute, Cathy, je ne comprends rien de rien à ton attitude. Elle est inqualifiable, tu m'entends ? In-qua-li-fia-ble !

— Mais oui, Bob, je te demande pardon... Je suis tellement nerveuse ce soir, cela ira mieux demain... Bonne nuit !

Je n'ai pas répondu. Je me suis couché dans mon lit jumeau et j'ai éteint d'un geste presque rageur. Mais j'ai mis longtemps à trouver le sommeil.

Cathy faisait, bien qu'elle se retînt de son mieux, un petit bruit en pleurant. Et moi, dans le noir, je voyais les prunelles brillantes de Jo et sa voix amie me chuchotait dans les oreilles :

— Pourquoi, Bob ? Pourquoi ?…

*
* *

En m'éveillant, le lendemain, je me suis dit qu'il fallait absolument que j'aille rendre l'auto de location. Seulement, ça n'allait pas être facile… Si je parlais d'aller à Paris, Cathy ne voudrait pas m'y laisser aller seul… D'autre part, je ne pouvais prendre naturellement ma bagnole puisque je devais conduire l'autre…

Il m'est alors venu une autre idée… Au lieu de la reporter, je la conduirais du côté de Maule par exemple… J'y causerais une avarie – décidément, ça devenait une spécialisation – et je téléphonerais au loueur pour lui dire qu'il fasse ramasser sa voiture. J'ajouterai qu'il n'aurait qu'à garder jusqu'à nouvel ordre la provision versée pour payer la réparation… Ce serait une aubaine qu'il ne raterait pas ! Et moi j'irais plus tard le trouver… Oui, après l'enquête…

Cathy était déjà levée. Elle avait les traits tirés. Je me doutais qu'elle avait dû être aussi longue que moi à s'endormir.

— Comment te sens-tu, ce matin ?

— Comme ça, mon chéri. Je n'arrive pas à croire que…

— Moi non plus…

— Viens déjeuner…

— Pas faim… Je vais aller faire un tour, histoire de m'ouvrir l'appétit…

Je suis parti par le jardin, car il fallait que j'aille récupérer les clés et les papiers de la 4 CV qui se trouvaient dans mon complet, au colombier… J'étais gêné par le regard inquisiteur de Cathy…

J'ai fait halte sur un banc, jusqu'à ce qu'elle quitte la porte-fenêtre. Ensuite, j'ai trotté jusqu'au colombier…

Je n'ai fait qu'une dizaine de kilomètres au volant de l'auto. Ensuite, je l'ai précipitée contre un poteau de ciment à l'entrée d'un village. Je ne roulais pas trop vite, afin d'éviter de me blesser, mais les dégâts ont été considérables à l'avant…

J'ai glissé la carte grise dans la boîte à gants…

ainsi que la clé de l'antivol. Puis je suis allé au bureau de poste du village. J'ai téléphoné à l'office de location en prenant mon accent yankee pour leur expliquer en détail l'accident.

Je me suis hâté de parler argent et j'ai dit que j'allais à Rouen plusieurs jours, mais que je passerais à mon retour les voir… Ils devaient avoir l'habitude de ces sortes de pépins car ils ont pris la chose du bon côté… Tout allait bien de ce côté-là…

Dans le village, il y avait un bistrot qui faisait le taxi. Je me suis fait reconduire par lui à Montfort-l'Amaury. Il m'a débarqué à l'orée de l'agglomération… Je l'ai payé et suis retourné à la maison… Le tout ne m'avait pas pris une heure. Ça ressemblait vraiment à une promenade matinale.

J'ai aperçu, au tournant du chemin, la grosse voiture américaine de Goldein devant ma porte. C'est un tank chocolat et beige clair, avec une capote noire et des sièges en cuir rouge… On dirait un sorbet napolitain.

Sa vue m'a fauché toute allégresse. Qu'est-ce que ce marchand de bagarres venait fiche chez moi de si bon matin ?

En entrant je l'ai aperçu, vautré sur ma bergère, un verre de jus de pamplemousse dans la main…

Bodoni l'accompagnait. Cathy leur faisait la conversation en m'attendant.

— Ah ! le voilà ! a-t-elle soupiré en m'apercevant.

Poignées de main générales. Je me suis assis.

— Comment se fait-il ? ai-je commencé.

Goldein avait sa gueule des mauvais jours. Il était gris, avec le tour des yeux jaunes comme ceux d'un cheval malade. Il avait raison de boire des jus de fruits.

— Je ne vous parlerai pas de l'accident de Jo, Bob, a-t-il attaqué. Vous en savez aussi long que moi là-dessus et il ne sert à rien d'épiloguer... Le destin est cruel pour certains de nous. Mais nous n'y pouvons rien. La seule grâce qui nous soit accordée, c'est de pouvoir surmonter nos douleurs à force de volonté...

J'ai haussé les épaules.

— Vous avez appris ça ce matin ou, bien s'agit-il d'une réminiscence, Goldein ?

Ça l'a piqué.

— Mais je ne plaisante pas ! Écoutez, Bob, je ne veux pas vous faire un sermon, mais je trouve que vous avez été bien léger cette nuit en proclamant à la presse...

Il a tiré des journaux de sa poche. Tous annonçaient sur plusieurs colonnes :

L'espoir numéro un de la boxe française, Jo Andryx, est tué par un chauffard. Anéanti par cette mort, Bob Trajo abandonne le noble art !

Ils s'en étaient donné à cœur joie, les tartineurs de clichés ! Tout y était. La mort, en plein ciel de gloire, de mon poulain... Le désespoir muet du lion du ring (entendez par là qu'il s'agissait de moi) qui, fou de douleur, se refusait désormais à mettre les gants !

J'ai posé les journaux par terre, contre ma chaise basse.

— Et alors, Goldein, n'était-il pas convenu que je devais me retirer après avoir rencontré Andryx ?

Il a explosé.

— Vous vous foutez de moi ! Hier encore, vous m'avez téléphoné pour m'informer du contraire ! Vous vouliez signer pour l'Afrique du Sud !

— C'est vrai, je n'y pensais plus...

Je me suis mordu les lèvres.

— Ah ! vraiment. Eh bien, mes câbles sont

partis… Je ne perds jamais de temps, moi, monsieur Trajo !

— Peu importe, rien n'est signé… Vous n'aurez qu'à dire que je me suis ravisé !

— Et vous vous figurez que je vais vous laisser jeter votre ceinture à la poubelle sans la défendre…

Il commençait à m'échauffer les oreilles.

— Vous n'avez rien à m'autoriser parce que vous n'avez rien à m'interdire, Goldein. Je suis, Dieu merci, libre de mes actes. J'abandonne la compétition, un point c'est tout ! Je n'ai plus la moindre envie de boxer qui que ce soit… Collez-vous ça dans le crâne et fichez-moi la paix…

L'autre était violet. Son verre tremblait si fort dans sa main que le liquide coulait sur la bergère.

— Ne salopez pas mes coussins, Goldein… Ils sont déjà assez humiliés de supporter votre derrière !

Il s'est levé.

— C'est honteux, vous n'êtes qu'un malotru… Quand je pense au mal que je me suis donné pour faire votre fortune !

— Un mal aussi doux que le mal d'amour, Goldein, parce qu'en faisant ma fortune, vous avez consolidé la vôtre. Vous avez été bien content d'avoir à votre disposition un champion d'Europe pendant des années pour bourrer vos salles ! Vous alliez me saquer au profit de Jo pour que la fête continue, hein ? Seulement, il n'est plus et vous voulez garder le vieux cheval afin de faire encore tourner le manège… Eh bien, c'est tordu, Goldein ! Le vieux cheval ne marche plus ! Il en a sa claque… Vous pouvez foutre mes gants dans le cercueil de Jo ! Et ma ceinture pour faire le compte !

— Bob ! a crié Cathy.

Je me suis tu. Elle était plus blême que la veille. Son regard me fixait étrangement, je me suis senti mal !

Goldein a haussé les épaules.

— Je vais vous attendre dans l'auto, Bodoni, a-t-il déclaré, parlez-lui si vous êtes capable de vous faire entendre…

Et il est sorti.

Bodoni n'a pas souscrit à l'invite. Il est resté muet un bon moment.

Cathy s'est mise à pleurer, à gros sanglots. Elle a quitté la pièce et je me suis senti brusquement malheureux.

— Je regrette d'avoir à brailler un jour comme

aujourd'hui, Bodo, mais j'espère que vous me comprenez, vous, n'est-ce pas ?

D'un ton distrait, il a fait :

— Mais oui, bien sûr…

— Bon…

J'ai attendu la suite !

— Pourtant, je pense que tu ne dois pas raccrocher de cette façon…

— Hein ?

— Non. Je n'aime pas beaucoup les boxeurs qui se retirent invaincus… C'est une tricherie, Bob… Il y a une loi de la nature qui est la roue, tu sais ?

Il a décrit un cercle du bout des doigts.

— Un gars qui se retire, c'est un opportuniste. Un type invaincu, c'est un gars qui n'a pas achevé sa carrière… Parce qu'une carrière s'achève immanquablement par une défaite, un jour ou l'autre… Et c'est pour cela qu'elle est belle, tu comprends, Bob ? Pour cela uniquement. C'est cette chute finale qui en fait la grandeur, la noblesse… Un titre, à mon avis, c'est comme le bâton d'une course de relais… Seulement, on te l'arrache de force… Et la course continue… Ce n'est pas parce que tu te retireras que ta ceinture t'appartiendra vraiment, mon garçon… Elle n'appartient à personne… Tu en es le détenteur provisoire, réfléchis-y…

Il s'est levé.

— Je ne savais pas que vous étiez capable de si bien parler, Bodo, ai-je murmuré en le regardant gagner la porte.

Il a secoué la tête.

— Heu…, moi non plus, Bob… Au revoir. Téléphone-moi… Remarque que nous nous verrons aux obsèques !

Le mot m'a fait froid dans le dos…

Je l'ai interpellé comme il franchissait le seuil :

— Hé, Bodo !

Il s'est retourné :

— Oui ?

— C'est tout réfléchi… J'abandonne la boxe. Il est parti sans un mot.

Il restait agenouillé dans la résine avec l'air indécis d'un taureau frappé à mort.

— ... Huit ! fit l'arbitre.

Ces deux loustics partis avec la rage qui leur fouillait le ventre, je me suis mis à la recherche de Cathy. Elle ne se trouvait ni dans le jardin ni dans la cuisine. J'ai grimpé l'escalier de notre chambre. Je l'ai trouvée à plat ventre sur le lit, en train de sangloter.

Je me suis assis près d'elle sur la courtepointe.

— Tu as tellement de chagrin de la mort de Jo, Cathy ?

Ses pleurs ont redoublé.

— Je sais, c'était un bon garçon, gentil, affectueux... Je crois qu'il était amoureux de toi, du reste.

Elle s'est redressée, ses sanglots brusquement

interrompus. Je voyais briller son regard à travers les larmes.

— Je te défends de parler de lui ainsi, Bob ! Tu n'as pas le droit…

— Mais…

Elle est allée à la porte, a vérifié que notre domestique n'était pas à proximité et a fermé à clé.

— Maintenant, je sais que tu l'as tué ! J'en ai la preuve ! Tu m'entends, Bob ! la preuve !

Encore ! J'étais épuisé… Tout chavirait autour de moi.

— Je t'en supplie, Cathy, tais-toi… Nous allons devenir fous, tu ne le comprends donc pas ? Tu t'es mis cette idée dans le crâne au départ et…

Elle a sauté du lit et couru à la penderie… J'ai vu mon pardessus sur un cintre… Celui qui se trouvait le matin encore dans le colombier… J'ai pensé à la clé anglaise tachée de sang que j'avais laissée dans la poche.

Je n'ai rien trouvé à dire, absolument rien. Les mots s'envolaient de mon intelligence, je devenais blanc, froid et lisse comme une banquise.

— Ce matin, quand tu as été parti, j'ai eu brusquement besoin de te parler… J'ai couru à ta recherche, je suis allé dans le colombier…

Je l'écoutais sans ciller. Il me semblait qu'elle me racontait une vilaine histoire. Mais une histoire qui ne me concernait pas.

— Écoute-moi, Bob… Tu m'écoutes ?

Je me suis forcé à faire un geste affirmatif.

— J'ai « senti » que tu avais tué Jo avant d'apprendre sa mort. Vois-tu, lorsqu'on passe des années auprès d'un être aimé, sans le quitter d'une semelle, on finit presque par s'identifier à lui, tu comprends ?

— Oui, Cathy…

— Hier, en te voyant arriver…

— Tu me l'as déjà dit…

— Ne m'interromps pas ! En te voyant arriver, j'ai vu, sur toi, que tu venais d'accomplir quelque chose de pas ordinaire… Quelque chose de terriblement grave…

— Ah ?

— Oui… Et quand à la télévision on a annoncé la… la mort de Jo, je n'ai pas douté une seconde que tu l'aies tué !

Il y a eu un long silence. Je lissais les franges soyeuses du couvre-lit… Je savais toujours pas quoi lui dire. J'attendais une question précise, elle est venue.

— Bob, pourquoi as-tu fait ça ?

J'ai réfléchi à la question.

Maintenant, je ne savais plus très bien.

— Je ne sais plus, Cathy… J'en ai eu besoin…

— Orgueilleux !

— Ne me dis pas ça…

Elle me détaillait d'un air incrédule.

— Je le sais, moi, ce qui t'a poussé à le tuer… Tu as eu peur de la seconde rencontre. Ça t'a paru la seule solution possible, n'est-ce pas, Bob ?

— Peut-être…

— Toi, si courageux pourtant…

— Comprends, Cathy, je n'avais pas peur de ses coups, mais de ma défaite devant lui… Il me semblait qu'après, je… je n'aurais plus pu vivre…

— Alors, tu as préféré que ce soit lui qui meure ?

— Oui. J'aime la vie à cause de toi, tu ne peux pas savoir…

— Mais si, je sais… Moi aussi, Bob, j'aime la vie à cause de toi.

Je ne savais pas ce qu'elle pensait…

Elle n'était pas effrayée le moins du monde... Mieux, je ne lui inspirais pas de répulsion.

— Cathy, que penses-tu de moi ?

— Je suis déçue, Bob. Je te croyais plus fort...

— Tu...

— Je ?

— Tu n'as pas peur ?

Elle a été surprise.

— Peur ? Pourquoi veux-tu que j'aie peur ?

— Les assassins inspirent de l'effroi... en général !

— Aux autres, sans doute ! Toi, tu es mon assassin à moi...

— Tu m'aimes toujours ?

— Crois-tu qu'il suffise d'un crime pour nous séparer ? Même si c'était moi que tu aies tué, Bob, rien ne serait changé entre nous !

Je l'ai serrée contre moi. Son amour me purifiait. De lui montait comme une sorte d'absolution.

— Tu m'aimes ! Tu m'aimes !

— Oui, Bob... Pour toujours. Et je sais le poids de ce mot !

— Tu voudrais que j'aille me constituer prisonnier ?

Elle s'est écartée de moi.

— J'avais envie de te le demander lorsque j'ai découvert… la chose. Ça me paraissait l'unique solution possible. Seulement, il vaut mieux pas… Je ne m'en sens pas la force…

— Dis-moi, Cathy… Qu'allons-nous faire de ce crime ? Tu ne crois pas qu'il va se dresser entre nous ? Qu'il va nous ronger ?

— Nous verrons bien…

— Le remords, ça doit bien exister puisque tout le monde en parle.

— Peut-être n'est-ce qu'un épouvantail planté par la morale aux frontières du mal…

— Je ne sais pas. Il me semble que, tout seul, je serais parvenu à oublier mon acte… Mais à chaque instant, dès que tu seras songeuse, je croirai que tu penses à ça et j'aurai peur. Ou bien, toi, tu croiras que je suis hanté par…

Elle m'as mis la main sur l'épaule.

— Bob, il faut que tu continues la boxe !

— Quoi ?

— C'est cela qui va nous permettre de surmonter ce qui nous est arrivé, crois-moi.

Je ne comprenais pas bien. Elle avait des idées bien étranges parfois.

— Non, ai-je murmuré, je ne m'en sens plus capable. Dans l'état où je suis, un amateur me liquiderait !

— C'est une idée que tu te fais… Attaque, Bob…

— Impossible !

— Serais-tu devenu lâche ?

— Cathy !

— Je ne veux pas que tu aies peur, mon chéri. La peur, c'est mon rayon. Nous formons un couple parfait parce que c'est toi qui te bats et que c'est moi qui tremble… Nous ne pouvons intervertir les rôles !

— Mais je ne peux rien contre cette frousse, Cathy, tu ne peux pas savoir…

Elle est devenue sévère. Je ne l'avais encore jamais vue ainsi.

— Eh bien, comme tu voudras, Bob… J'espère que ça ira tout de même.

J'aurais voulu la questionner, mais je n'en ai pas eu le courage.

Nous avons eu comme un moment de flou, puis elle s'est détendue et elle a passé ses douces mains guérisseuses sur ma pauvre tête :

— Désormais, je suis ta complice… N'est-ce

pas la plus belle chose qui puisse arriver à une femme amoureuse ?

*
* *

Le surlendemain, nous sommes allés aux funérailles de Jo. Ça a été pénible parce que son père y assistait. C'était un grand bonhomme aux cheveux gris. Un ouvrier effrayé par la foule de choix qui le cernait. Il a serré des mains, comme dans un cauchemar, sans répondre aux paroles de condoléances qu'on lui adressait. Cet enterrement, outre sa peine, était une espèce de martyre pour lui.

Cathy m'accompagnait. Elle n'avait pas du tout l'air effondré, mais, au contraire, combatif. Obscurément, elle lançait un défi à ce cercueil. Ma victime, par un phénomène étrange, était devenue un ennemi qui s'attaquait à notre bonheur.

Naturellement, Goldein se trouvait là, aux côtés d'une grande vedette de l'écran. Il avait envoyé pour 20 000 francs de fleurs qu'il avait déjà dû passer en frais généraux avant de venir…

Il a fait semblant de ne pas me voir. Bodoni avait son air de vieux singe malade. Après le père de Jo, je crois bien que c'était lui qui avait le plus de chagrin.

Il m'a coincé à la sortie du cimetière. Tout le monde pugilistique défilait sous les flashes des photographes ! Une vraie parade pour kermesse aux étoiles !

— Eh bien, voilà, a-t-il murmuré, un de plus...

Cathy s'est arrêté de marcher. Elle regardait Bodo d'un œil mécontent.

— Qu'entendez-vous par là ?

— Que je viens de mettre en terre un ami de plus. On en perd tellement au cours d'une vie que ça finit par vous habituer à l'idée de mourir. Il y a des moments de désenchantement pendant lesquels j'ai hâte que mon tour arrive.

Nous n'avons rien répondu... Il tombait une petite pluie d'automne silencieuse qui vernissait le monde. Nos voitures respectives étaient rangées près du Père-Lachaise, sur le boulevard.

Bodo a relevé le col de son loden.

— J'aimais bien ce gosse parce que ça n'était pas un salaud. Il avait la plus belle des qualités pour un boxeur : il était élégant !

J'ai imaginé notre petit ami. Non, il n'était pas élégant... Malgré ses complets sortant de chez le bon faiseur, et sa coupe de cheveux signée Défossé, il était bien le fils du vieux bonhomme de métallo qui avait serré mille mains près de sa tombe.

Comme s'il avait suivi le cheminement de ma pensée, Bodoni a ajouté :

— Sur le ring, naturellement !

Puis il m'a tendu la main.

— Salut, Bob… À bientôt, j'espère… Tiens-moi au courant de tes décisions, car je dois penser à mon écurie…

Nous l'avons laissé là…

J'ai conduit doucement pour rentrer… En passant sur les lieux de « l'accident », je me suis arrêté.

— Ça s'est passé ici, ai-je soupiré.

Cathy n'a rien dit ; je m'attendais à une protestation de sa part, mais elle est restée immobile sur son siège.

— J'avais la clé dans la main… J'ai appelé Jo… Je lui ai montré le fossé en lui disant de regarder… Il s'est penché, j'ai levé le bras…

Elle m'a regardé avec curiosité. Elle se demandait si c'était réellement moi qui avais agi ainsi.

— Oui, ai-je fait, c'est moi, Cathy… J'ai

frappé… Il est tombé… Il a dit : « Bob ! Pourquoi ?… » J'ai frappé encore…

— À quoi pensais-tu à ce moment-là ?

— Oh !… J'avais des pensées d'assassin, Cathy… Je redoutais l'arrivée d'une voiture… Je voulais l'achever… Je n'avais pas peur de sa mort, comprends-tu, mais de sa vie… Je me suis même offert le luxe de palper sa poitrine pour m'assurer que son cœur ne battait plus…

Elle a fait un signe affirmatif pour me dire qu'elle comprenait ces réactions.

— Après, j'ai ouvert son capot, arraché le fil de la bobine pour créer une panne… Et j'ai traîné le cadavre de Jo sur la route…

Que lui dire encore ? Je voulais qu'elle sût tout ! C'était normal, puisqu'elle partageait mon crime. Lorsqu'on s'associe à quelqu'un, on examine son chiffre d'affaires !

— Ce cadavre, Cathy, ça n'était plus Jo, c'était juste une chose lourde, dangereuse pour ma sécurité. J'avais tout oublié.

— C'est bien ainsi que j'imagine un meurtre, Bob.

J'ai poursuivi ma route, sans parler…

— Maintenant, il est mort et puant…

— Il nous a précédés, Bob, ne l'oublie pas. Les vivants se croient supérieurs aux morts, mais ce ne sont que les morts de demain…

— Tu crois que je serai châtié, dans une vie future, Cathy ?

Elle a haussé les épaules.

— Quelle vie future ? Il n'y a pas de bon Dieu, mon chéri, *tu le sais bien !*

— *Je crois que si, Cathy !*

— Parce que tu es un faible ! Mais ne te tourmente pas, je te promets qu'il n'y en aura pas ! Quant au châtiment, il ne pourra venir que de toi, tu sais ! *Si tu en as envie !*

Je lui ai mis la main sur le genou… J'aimais toucher sa jambe à travers le bas.

— Merci de me parler ainsi, Cathy… Redis-moi souvent des choses aussi sensées… Je veux que tu sois ma conscience.

— J'essaierai !

Lorsque nous sommes arrivés à la maison, j'ai vu une voiture devant la propriété. Elle était immatriculée dans la Seine. C'était une vieille traction noire qui ne payait pas de mine.

— Qui est-ce qui vient encore nous casser les pieds ? ai-je soupiré.

Arthuro me guettait.

— Il y a là deux messieurs qui veulent absolument vous parler, m'a-t-il chuchoté en me débarrassant de mon manteau. Je leur ai dit que vous rentriez déjeuner, alors ils ont décidé de vous attendre, ça fait plus d'une heure qu'ils sont là…

Ça m'a causé un vague malaise. Deux messieurs ! On n'aime pas beaucoup cette expression lorsqu'on a commis un meurtre. Cathy m'a embrassé en me regardant droit dans les yeux et je suis entré dans le living.

Les deux hommes étaient assis l'un en face de l'autre, les mains croisées entre les jambes. Ils parlaient à voix basse. L'un était gros, avec des cheveux blancs, rares, des yeux sombres et de gros sourcils blancs. Il portait un costume marron, un pull-over vert et une chemise douteuse… L'autre semblait effacé. Il était maigre avec un gros nez crochu et un regard fiévreux. Son imperméable de caoutchouc puait comme un bouc !

Tous deux se sont levés. Ils m'ont regardé avec un certain respect.

— Messieurs ? ai-je dit, l'air pas tellement gentil.

Le gros aux sourcils blancs a tourné le revers de

sa veste en un geste classique. Ma gorge s'est nouée.

— Commissaire Fauvet, de la P. J., a-t-il dit. Voici l'inspecteur Méchin, mon collaborateur…

J'ai voulu m'empêcher de pâlir. Mais peut-on retenir son sang ?

— De quoi s'agit-il, messieurs ?

Mille suppositions extravagantes me venaient à l'esprit. Je ne savais quoi dire… Pourquoi ces flics venaient-ils ici… Avais-je commis une imprudence…

— Nous enquêtons sur la mort de votre collègue Jo Andryx…

J'ai fait un effort surhumain pour avaler ma salive.

— Une enquête ! Mais… il est mort accidentellement…

— Peut-être…

Le gros commissaire me regardait cordialement. C'était un homme intelligent.

Cathy, qui avait dû écouter, est entrée.

J'ai fait les présentations. Les policiers se sont inclinés.

— Madame…

— Monsieur Trajo, a déclaré le commissaire

après s'être assis, la mort d'Andryx comporte certains détails troublants... Nous n'en avons pas parlé à la presse car la popularité de la victime aurait incité ces messieurs à monter la chose en épingle, or nous pouvons nous tromper... Je compte sur votre discrétion...

— Comment donc... Ce que vous m'apprenez est stupéfiant ! Puis-je vous demander...

Ça me calmait de parler, ma voix, j'en étais certain, était naturelle. Du reste, le regard de Cathy me le disait. Elle me surveillait comme lorsque je me battais entre douze cordes. Ici, l'enjeu du combat revêtait une plus grande importance.

— Voilà, a fait le commissaire... Andryx a été tué sur le coup. Il se trouvait presque au milieu de la route... Pourtant nous avons trouvé des traces de sang sur le talus... Donc il aurait été déplacé de quelques mètres... Comme il n'a pu le faire lui-même...

J'ai ouvert de grands yeux...

— Oui, je comprends, c'est inouï...

Cathy : — Le choc n'a pu faire gicler son sang à cette distance ?

— Non, aux dires du médecin légiste... Et en admettant que ça se soit produit, l'auto aurait intercepté le sang... De plus, outre ce sang, la gendarmerie à découvert quelques pièces de monnaie dans l'herbe. Ma conviction est que votre ami a été assassiné, voilà... Je n'ai pas l'habitude de mâcher mes mots.

— Assassiné ?

— Oui. Son agresseur a maquillé le crime... Un garagiste qui a examiné la bobine prétend que le fil a été arraché. Les cosses étaient écrasées par une traction brutale...

— Bonté, quelle aventure !

Je commençais à me dire que la conversation tournait mal.

— Et alors ?

Fauvet s'est lissé les sourcils comme si ç'eût été des moustaches. J'ai eu envie de rire.

— Vous devez vous demander pourquoi je viens vous raconter tout ça, n'est-ce pas, monsieur Trajo ?

— Ben... un peu, oui !

— Simple... Andryx a dû être assassiné par un passager qu'il transportait. Comme il venait, m'a-t-on dit, chez vous, il m'a paru intéressant de savoir si vous attendiez quelqu'un d'autre avec lui ?

J'ai secoué la tête.

— Non seulement je n'attendais personne d'autre, mais encore j'ignorais sa venue. J'ai passé la journée à me balader en pyjama dans la nature… C'est vous dire que je n'étais pas dans une tenue adéquate pour recevoir qui que ce soit.

Fauvet a pris un air distrait, mais je savais qu'il était plein d'intentions.

— Oui, je sais…

Bon, il avait dû cuisiner Arthuro pendant notre absence.

— Sa venue ici est d'autant plus inexplicable qu'il avait un rendez-vous avec un reporter de *Paris-Match* à 8 heures. Or, à ce qu'il paraît, Andryx était un garçon extrêmement posé…

— Très posé…

— Il a donc fallu que le motif qui l'amenait ici fût impérieux pour qu'il laisse tomber ce rendez-vous. Vous savez que nous avons trouvé une corbeille de fleurs dans sa voiture ?

— Je sais…

— J'ai vu le fleuriste…

À cet instant, la force de la police m'a semblé impitoyable. Pouvait-on échapper à des investigations aussi fouillées ?

— Alors ?

Je me suis efforcé de ne pas regarder Cathy, pourtant ses yeux m'attiraient invinciblement. C'était dans leur lumière que je puisais mon courage.

— Lorsque Jo Andryx a acheté cette corbeille, il paraissait, m'a-t-on dit, très pressé. Il a demandé ce qui se faisait de bien pour l'anniversaire d'une jeune femme…

Fauvet s'est tourné vers Cathy.

— Puis-je vous demander votre date d'anniversaire, madame ?

— 17 février…

Il a hoché la tête.

— Donc ça n'était pas pour vous…

— Après tout, peut-être ne venait-il pas ici ?

Je me suis raclé le gosier pour la centième fois depuis l'entretien.

— J'allais vous le suggérer…

Fauvet s'était remis à lisser ses sourcils…

— Oui, oui… bougonnait-il… C'est une conclusion un peu hâtive…

Il a regardé son inspecteur.

— Il faut vérifier l'adresse de toutes ses relations…

— Bien, patron !

J'ai espéré que notre entrevue allait se terminer sur ces mots, mais le commissaire ne paraissait pas pressé.

— Puis-je vous offrir un verre ? ai-je articulé.

— Ça n'est pas de refus, monsieur Trajo…

Cathy s'est alors levée pour préparer des drinks.

Il y a eu une période de silence assez pénible pour moi. Mais une fois que nous avons eu un scotch en main, nous avons comme par enchantement retrouvé l'usage de la parole.

— Ce qu'il faut étudier de près, a déclaré Fauvet, comme se parlant à lui-même, ce sont les mobiles… comme toujours…

J'ai esquissé un vague acquiescement.

— Le vol n'a pas été ce mobile… Nous avons retrouvé près de 50 000 francs sur le mort…

J'ai suggéré :

— Dans l'hypothèse du meurtre, Andryx a pu s'arrêter pour une raison quelconque… il en existe mille qui incitent un conducteur à stopper… Supposez qu'un vagabond se soit trouvé là… Et que… qu'après son sale coup il ait été dérangé par l'arrivée d'un automobiliste ?

— Possible… Tout est possible ici-bas, monsieur Trajo... Il faut être curé ou flic pour savoir à quel point !

Je crois que j'ai rougi.

— Seulement je ne pense tout de même pas que les choses se soient déroulées de la sorte. N'oubliez pas que, dans l'hypothèse du meurtre, il y a eu mise en scène. Un vagabond aurait fouillé le mort avant de le traîner sur la route, de soulever le capot et d'arracher le fil de la bobine...

C'était un raisonnement sans bavure. Il m'a impressionné.

— Qui avait intérêt à sa mort, à part vous peut-être ? a enchaîné Fauvet.

Et il a bu son whisky, sans me regarder, à petites gorgées précieuses.

Cathy a eu un rire amusé.

— Mon pauvre Bob, a-t-elle gloussé, te voilà suspecté de meurtre, toi le plus poète, le plus tendre des boxeurs...

Fauvet a posé son verre. Moi, je n'avais encore rien trouvé à dire.

— Vous dépassez ma pensée, madame Trajo. Je ne suspecte pas le moins du monde votre mari. Grand Dieu non ! Simplement je fais remarquer que la fin tragique de Jo Andryx peut offrir un certain intérêt…

J'ai tonné :

— Ah ! Et lequel ?

— Eh bien, éviter la revanche prévue…

Il allait loin, le commissaire. Il n'avait pas peur des mots.

— Cette revanche devait me rapporter trois millions, monsieur le commissaire…

— Et peut-être vous faire perdre votre titre… Excusez ma brutalité, mais les initiés prétendent que la chose ne faisait pas l'ombre d'un doute !

Je devenais mauvais. Sa suspicion, croyez-le si vous voulez, m'outrageait exactement comme si je n'avais pas commis le meurtre.

— Vous a-t-on dit – je parle de Goldein, le matchmaker et de mon manager, M. Bodoni – que cette rencontre devait être ma dernière… Qu'après elle je raccrochais ?

— On me l'a dit… Mais vous auriez pu vouloir vous retirer invaincu. Quand un homme ne peut plus faire l'amour, monsieur Trajo, il lui reste heureusement des souvenirs, et quand un boxeur ne peut plus boxer, il lui reste son palmarès…

Je me suis levé, car j'avais les jambes pleines de picotements insupportables.

— Vous pensez donc que j'aurais tué un homme pour me retirer avec mon titre ?

— Encore une fois je ne pense rien... Il existe un distinguo entre penser une chose et l'imaginer...

— Eh bien, je vais vous apprendre une nouvelle, monsieur le commissaire. À cause de la mort de Jo je vais mettre mon titre en jeu contre Pétruci ; vous en avez entendu parler, je suppose ?

Son inspecteur a fait : « Oh ! Oh ! »

J'ai poursuivi, sans regarder Cathy :

— Je vais être franc avec vous, contre Andryx, j'avais – quoi qu'en disent les fameux initiés – cinquante chances sur cent de le garder, mais contre Pétruci, j'en ai une sur cent... Et encore je dis une pour donner leur chance à ce qu'un maréchal de France appelait les « impondérables ». Je pense donc que mon calcul aurait été mauvais...

J'avais nettement l'avantage. Fauvet semblait dérouté... Mieux, contrit.

— Monsieur Trajo, considérez notre conversation comme un simple bavardage à bâtons rompus. Mon métier consiste à résoudre des problèmes...

Seulement, dans mon métier, on procède par tâtonnement…

Il s'est levé, imité séance tenante par son coéquipier.

— Je vais vous quitter. Si par hasard vous aviez une idée, faites-m'en part… Vous demandez Fauvet à la P. J.

— Entendu…

Cathy a appelé Arthuro pour qu'il apporte le vestiaire du commissaire : un pardessus gris aux revers frisés.

— Une idée, ai-je dit en le regardant passer son vêtement, une idée, monsieur le commissaire, je peux vous en soumettre une tout de suite…

Il s'est immobilisé, son vieux feutre à la main.

— Ah !

— Qu'appelez-vous, ou plutôt qu'est-ce que votre médecin légiste appelle « être tué sur le coup » ? Hein ? Jo aurait été assommé, dites-vous ? N'oubliez pas que c'était un boxeur… Les effets d'un coup de matraque ou de n'importe quoi sont sûrement identiques à ceux d'un K.-O… Or je peux vous dire, parce que je le sais, que l'unique pensée d'un boxeur à la seconde où il prend le coup c'est de rester debout et de parer « la suite »…

Quelle que soit la violence du choc, Jo aura eu ce réflexe... Et ce réflexe a pu l'amener au milieu de la route... Quant à votre garagiste, il est vraiment malin s'il peut affirmer qu'un fil débranché l'a été volontairement ou accidentellement...

Fauvet m'a écouté en dardant sur moi un regard rendu plus sombre par ses gros sourcils blancs.

— Très intéressant, a-t-il murmuré, mais dites-moi, monsieur Trajo, Andryx a été terrassé sur le talus puisqu'il y avait du sang dans l'herbe et de la monnaie...

J'ai haussé les épaules.

— Je ne suis pas policier, monsieur le commissaire.

Il a ri.

— Et je vous en félicite, c'est un métier de chien...

Nous nous sommes serré la main et il est parti avec son acolyte. Depuis le seuil de la propriété j'ai regardé disparaître leur auto. Quand je ne l'ai plus vue, je me suis retourné vers Cathy.

— Eh bien ? ai-je murmuré...

Elle a eu un léger hochement de tête.

— N'aie aucune inquiétude, Bob, tu as été très bien...

— Dis, j'espère qu'ils n'ont pas fouillé la maison, il faudrait demander à Arthuro… Je pense à… la clé anglaise dans mon pardessus…

— Je l'ai nettoyée hier et l'ai mise dans la boîte à outils de la cave…

— Tu penses à tout.

— Pas du tout, Bob : à toi !

Nous nous sommes embrassés. Elle a murmuré, d'un ton neutre :

— Ce qui leur a fait le plus d'impression, c'est l'annonce d'une soi-disant rencontre avec Pétruci…

J'ai essuyé mon front. Je croyais qu'il était en sueur, mais mon mouchoir est resté sec.

— C'est vrai, ai-je soupiré.

Comme un automate, je suis allé au téléphone. J'ai décroché et demandé à la standardiste le numéro de Goldein.

La voix un peu nasale du matchmaker m'est entrée dans l'oreille comme une longue aiguille.

— Quoi, Trajo ?

C'est vous dire si ce gars-là avait le sens du raccourci.

— N'aboyez pas, Goldein, les chiens y parviennent mieux que vous !

— Hein ?

— Je veux vous dire ceci... Je suis prêt à rencontrer Pétruci avant la fin de l'année. Pétruci mais pas un autre, vous m'entendez ? Voilà assez longtemps qu'il reste sur la touche, il va sauter sur l'occasion.

Pour une fois, Goldein était soufflé.

— C'est sûr, au moins, vous ne reviendrez pas sur votre décision ?

— Annoncez-la tout de suite et préparez le contrat...

— O.K. Je savais bien, Bob, qu'un type de votre classe ne pouvait pas se retirer de cette façon...

— Gardez vos salades pour les jeunots qu'elles impressionnent !

J'ai posé l'écouteur sur sa fourche alors que cet idiot continuait de m'envoyer des fleurs.

Cathy semblait transfigurée.

— Je savais, Bob, que tu étais ainsi... Je savais que...

Je me suis versé un scotch...

— Trop de gens savent ce que je suis et ce que je vais faire avant que j'en aie la moindre idée...

Comme je portais le verre à mes lèvres elle s'est précipitée.

— Bob ! Plus d'alcool, pense à ton entraînement…

J'ai eu un mouvement de rotation pour préserver le breuvage.

— Mon entraînement ! Tu es malade ! Tu ne t'imagines pas que je vais m'esquinter le tempérament en sachant pertinemment que je vais me faire massacrer !

— Pourquoi dis-tu ça ?

— Parce que c'est la vérité, Cathy ! La vérité ! Pétruci est mille fois meilleur que moi ! Je ne tiendrai pas trois rounds devant ce type… Ça n'est pas un boxeur, mais un véritable tueur !

Elle a pourtant saisi mon verre et l'a versé dans le seau à glace.

— Bob, tu as toujours fait ton métier consciencieusement… Tu vas continuer…

— Mais…

— Va te mettre en survêtement, Bob ! Tu as le temps de faire quelques rounds de corde avant le déjeuner.

Le boxeur essaya de mettre un pied à plat pour prendre appui dessus. Il y parvint, faillit se relever, mais, entraîné par sa tête trop lourde, partit en avant.

Et l'arbitre cria :

— ... NEUF !

Et je me suis entraîné consciencieusement, exactement comme le désirait Cathy...

La rencontre fit un grand bruit. Il fut décidé qu'elle serait télévisée en Eurovision. Goldein s'en foutait, ayant l'assurance de réaliser une recette record.

Oui, je me suis préparé honnêtement, en essayant d'oublier que c'était le terrible Pétruci mon adversaire. Pourtant, la nuit, malgré la fatigue, cette pensée venait me tarauder. Je m'imaginais, groggy sur le ring. Tout chavirait, je m'écroulais sous les huées…

À quoi donc avait servi le meurtre de ce pauvre Jo si ma carrière connaissait cependant une telle faillite ? Bon Dieu, je n'allais pas me laisser abattre de façon ridicule par cet Italien ? C'était un boxeur formidable, il n'avait pas de secrets, pas de bottes savantes, non, c'était plus simple et plus effrayant : il était d'une force ahurissante et d'une précision égalant celle d'Andryx… C'était le champion du monde de l'année prochaine… Mais il lui fallait mon titre avant, cela faisait partie de sa trajectoire…

Mes rounds avec les sparring-partners étaient décevants. Bodoni, qui maintenant s'occupait de moi comme à mes débuts, qui me couvait, qui me chouchoutait, en était malade.

— Grand Dieu, Bob, tu as un punch en coton, se lamentait-il après les séances…

— Je n'y peux rien, Bodo… Je suis râpé.. C'est pour cela que je voulais mouler la compétition. Mon dernier combat contre Jo m'a complètement cisaillé. J'ai de la guimauve dans les bras…

— Ça n'est pas vrai…

— Mais je vous jure…

— Tu es contracté, tu as les chocottes du Rital… Tu te dis qu'il va t'étendre…

— Et après…

— Voilà ce que tu dois penser, Bob : et après ? Même s'il t'allonge, tu continueras de vivre et d'être considéré comme un grand champion.

— Comme un grand champion fini, oui, Bodo !

— Mince, tu as donc l'orgueil à ce point hypertrophié ?

— Peut-être…

Un soir qu'il me sermonnait, je l'ai saisi par sa chaîne de montre. Il avait un gros oignon comme les péquenots.

— Bodo, vous avez toujours été franc avec moi. Alors répondez : croyez-vous que je puisse battre l'Italien ?

Il a baissé les paupières… Mais par en dessous il subsistait une petite virgule de regard.

— Je le pense, oui, Bob… Pétruci est plus fort que toi… Il a un coup d'œil formid' et un souffle inépuisable… Mais dans notre boulot il existe une part énorme d'imprévu… Tu es un vieux renard et tu peux trouver l'occasion…

— Comment concevez-vous le combat ?

— Oh, bien sûr, il n'existe pas trente-six façons

de le construire… Tu te couvres et tu attends de pouvoir tirer au bon endroit…

— Pendant quinze rounds ?

— S'il le faut, oui !

— Et si l'occasion ne se présente pas ?

— Tu seras battu aux points…

— Après quarante-cinq minutes de course à pied ?

— C'est l'unique solution. Si tu acceptes le combat, tu es fichu.

— J'aime mieux descendre en me battant qu'éluder un K.-O. en jouant les punching-balls…

— Alors tu te battras à partir de la mi-combat… Avant, tu donneras sa chance… à la chance !

— Bon.

*
* *

L'avant-veille du combat, alors que Cathy me massait à la maison, je lui ai dit :

— Cathy, ce combat ne doit pas avoir lieu.

— Pourquoi ?

Elle ne s'émouvait pas. Je pouvais lui déballer n'importe quoi, elle restait d'un calme olympien.

— Voyons, Cathy, j'ai tué Jo pour ne pas être

battu en revanche, et voilà que je vais me faire pulvériser par un gars plus fort que lui. C'est stupide, mais je pense que mon crime a une excuse, du moins à mes yeux, puisqu'il a un mobile humain. À partir du moment où je supprime le mobile, il ne reste que l'acte… Et c'est insoutenable, qu'en penses-tu ?

Elle a soupiré.

— Tu veux savoir ce que je pense, Bob, tu veux le savoir vraiment ?

Je n'en avais plus tellement envie, mais j'ai dit « Oui » tout de même.

— Je pense que les boxeurs prennent trop de coups sur la tête… Cela doit leur déranger un peu le cerveau…

— Alors je suis fou ?

— Pas fou, mais bizarre… Bob, tu n'as pas tué Jo pour éviter d'être battu… Mais pour éviter de l'être par lui…

— C'est vrai…

— Que tu le sois par Pétruci n'a aucune importance. D'ailleurs tu reconnais sa supériorité sur toi, tu la proclames… Il est logique, admis, prévu qu'elle se concrétise, cette supériorité…

— Mais…

— Non, pas de « mais »... Surtout plus de « mais », Bob... *Tu as tué Jo afin qu'il ne te batte pas. Parce que tu te refusais à être vaincu par un jeune champion que tu avais fait.*

— La différence est donc si grande ?

— Capitale ! Je vais te dire une monstruosité, ton acte relève presque de la légitime défense !

Elle ne m'a pas convaincu vraiment... Mais je n'ai rien dit. Au fond de moi j'ai senti germer le remords... Mon crime m'est apparu, ignoble, monstrueux ! De la légitime défense ! Il fallait être éperdument amoureuse pour employer un terme pareil. Les femmes aimantes sont plus folles que les boxeurs meurtris !

*
* *

Cet état d'esprit n'a fait qu'empirer les deux derniers jours. Au matin du grand combat, je claquais des dents... « Pourquoi, Bob ? » avait-il demandé... Je m'imaginais qu'il avait en un éclair prévu ce qui allait se produire... Il avait compris ce qui me poussait à prendre sa vie, mais avec l'infernale lucidité des moribonds, il avait compris que ça ne servirait à rien. « Bob, pourquoi ? »

Je n'étais qu'un sale tueur. Une bête nuisible… Ce soir, Pétruci m'écraserait sur le ring du Palais. Je l'avais rencontré la veille dans la salle de rédaction d'un journal, mais je n'avais pu trouver la moindre grimace susceptible de passer pour un sourire… Il avait une bonne demi-tête de plus que moi et des épaules comme je n'en avais encore jamais vu à personne. Avec ça un front bas, les yeux morts et l'air de me considérer comme l'araignée qu'on va écraser d'un coup de pantoufle.

La journée s'est déroulée au ralenti, comme dans les rêves périlleux. Cathy n'a pas cherché à me distraire… Elle préférait que j'aille au bout de mon abattement.

Et puis elle savait bien qu'aucun artifice ne me ferait évader de ma torpeur.

Je vivais avec le cadavre de Jo. Il avait pris place en moi et je n'ignorais pas que, ce soir, il serait allongé en travers du ring…

Je pensais à tout à la fois… Je voyais les poings de Pétruci, sa figure impavide, ses épaules monstrueuses… J'entendais la foule avide de sang… Je pensais à Cathy lovée dans un fauteuil près de… l'arène ? Les objectifs de la télévision fonctionneraient, montrant ma défaite à des millions d'individus… Ma faillite allait être effroyable, irrémédiable, totale… Mes années de bagarre, de gloire, de privations allaient être biffées de l'histoire de la boxe… Et je resterais seul, ensuite, oui, seul malgré Cathy, avec pour éternelle compagnie le cadavre de mon pauvre petit Jo !

J'ai mangé sans y prendre garde les steaks saignants préparés par ma femme… Les fruits en grosse quantité…

Je me suis allongé… J'ai suivi Cathy au ciné pour visionner une « fernandelade »… J'ai mangé mes fameux sandwiches… Bu les jus de pamplemousse… Et j'ai fini par m'allonger sur la table de massage.

Mes nerfs étaient sur le point de claquer. Je ne sentais pas la bienfaisante brûlure des mains expertes de Montesquiou… J'avais dans le gosier un cri en suspens, plus terrible que toutes les clameurs poussées par la salle.

Je voyais à la renverse ma Cathy, un peu abattue, qui préparait mes effets.

— Cathy…

Ma voix était basse…

— Veux-tu être gentille ?

— Laisse-moi, je t'en prie… Tu… tu me distrais.

Elle est sortie sans rien dire. Pris de pitié, j'ai crié :

— Cathy !

Mais elle n'est pas revenue…

J'ai échappé aux pressions de Montesquiou.

— Qu'as-tu ? a-t-il demandé…

Il était un peu chauve, et courageusement faisait raser ses derniers cheveux.

— Moule-moi avec ton embrocation… C'est pas la peine, va…

Bodoni est entré, flanqué de Stefani.

— Cathy me dit que tu es nerveux ?

— Comme une pile électrique, Bodo…

— Tant mieux… Ça te…

— Non, ça ne me rien du tout, je suis à cran…

Stefani a allumé une cigarette.

— C'est la foule des grands jours, Bob… Si tu voyais ce populo… Et des cracks, tous les grands amateurs de la castagne : Ulmer, Simone Berriau, Alfred Adam, Jean-Jacques Vital, Robert Dalban, Gabriello, Philippe Lemaire, Villemain, Famechon, Pedro, le roi de la came…

Il se grisait de mots…

— Et c'est Claude Darget qui assure le reportage télé…

J'ai pensé à ce radioreporter caustique, qui trouve toujours le mot sardonique pour ridiculiser les vaincus, et même les vainqueurs…

Cathy allait me voir démolir… On me faisait mourir, ce soir… Mourir de moi, comprenez-vous… J'allais périr de mon mal.

Je me suis frotté les yeux.

— Quelle heure est-il, Bodo ?

— Dix heures moins le quart…

— Je passe à quelle heure ?

— À la demie… En ce moment il y a deux bons petits coqs qui s'expliquent, ça ira à la limite… Ensuite, c'est un six-trois entre Varchavak et Dupont… Du mou, de l'extra-mou qui fera aussi la limite…

J'ai songé :

— Bon, j'ai le temps… Passe-moi mon peignoir, Montesquiou…

— Où vas-tu ? a questionné Bodo…

— J'ai un coup de tube à donner…

— Ne t'attarde pas…

Stefani m'a accompagné à la cabine… Il s'est

tenu devant la porte pendant que je feuilletais un vieil annuaire déplumé.

Je cherchai fébrilement, en priant du bout des lèvres pour que je tombe sur mon correspondant.

Enfin j'ai trouvé. Mon index tremblait dans les perforations de l'automatique. Il m'a fallu un moment pour composer le numéro.

J'ai eu d'abord un standardiste à la voix bougonne.

— Je voudrais parler au commissaire Fauvet...

— Je vais voir s'il est là, c'est de la part de qui ?

— Bob Trajo !

Un court silence.

— Vous vous foutez de moi, Bob Trajo est en train de se bagarrer contre Pétruci.

— Nom de Dieu, je vous dis que je suis Trajo, mon combat commence dans trois quarts d'heure et il faut que je lui parle avant... Trouvez-moi Fauvet de toute urgence...

— Bon, attendez...

J'ai perçu, indirectement, des sonneries, des bruits de voix... Enfin le standardiste de la P.J. a murmuré :

— Ne quittez pas, il paraît qu'il est encore ici. On le cherche…

Le silence qui a suivi m'a paru interminable. J'ai eu, je l'avoue, la tentation de raccrocher… Enfin j'ai entendu : « Allô ! ici Fauvet, j'écoute »…

La voix bourrue du policier m'a réconforté.

— Ici Bob Trajo…

— Ah ! Vous… vous avez une idée nouvelle à me soumettre, monsieur Trajo ?

— Oui…

— Je vous écoute…

Pourquoi à cet instant ai-je eu l'impression qu'il savait déjà ! Bonté, comme j'étais lâche ! Je me livrais par frousse, pour ne pas rencontrer le grand champion… Je faisais camarade avec le destin. Je préférais le bagne à vie, la mort peut-être à quarante-cinq minutes de combat…

— Je vous écoute, monsieur Trajo…

— Voilà, je crois bien que… que j'ai tué Jo, monsieur le commissaire…

Il ne s'est pas manifesté tout de suite.

— Vous croyez ?

— Oui, si vous voulez venir m'arrêter, je suis à votre disposition…

— Votre combat est terminé ?

— Non, il devrait commencer dans une bonne demi-heure… Vous avez le temps de…

Je me faisais honte ! Ces mots me griffaient l'orgueil. « Salaud ! pensais-je. Salaud de Bob ! Salaud de champion sans panache ! Capon ! Froussard ! »

J'ai raccroché…

Stefani avait dû entendre car il semblait terrorisé. Il était pâle comme un mort et sa cigarette pendait au bout de ses lèvres vidée comme une tige cassée.

Je l'ai regardé.

— Naturellement il a fallu que tu prêtes l'oreille, espèce de pédé.

Il n'a rien répondu… J'ai regagné ma loge à pas furieux… Bodoni préparait les bandes pour me bander les mains…

— Donne tes poignets, Bob…

J'ai secoué la tête.

— Inutile, Bodo, c'est pas des Velpeau qu'on va entortiller autour, mais de l'acier… Les poulets arrivent pour m'arrêter, c'est moi qui ai tué Jo…

Il était assis sur la table de massage et m'a regardé.

— C'est vrai, ça ?

— Oui, Bodo, je ne suis qu'un pauvre type, tu vois…

Il a secoué la tête.

— C'est étrange, a-t-il soupiré, lorsque la police est venue me poser des questions au sujet de la mort de Jo, j'ai flairé du louche de ton côté…

Une brusque colère l'a enflammé.

— Pauvre salaud de dégonflé ! T'avais la trouille de lui, avoue ?

— Je pense, oui…

Stefani venait d'entrer, la mine cadavérique… Il y avait du jaune dans ses yeux mesquins. La nouvelle venait de lui déclencher une fameuse crise de foie.

Bodo m'a giflé à toute volée. Je n'ai pas eu la force de réagir, et puis je n'en avais nulle envie.

— Et tu viens de téléphoner aux poulets pour avouer ?

— Oui, Bodo…

— Parce que tu as aussi les chocottes de Pétruci, hein ?

— Oui, Bodo.

Je me sentais minable, faible, méprisable… Jamais je n'avais méprisé quelqu'un autant que moi.

— Alors ces messieurs vont rappliquer... Ils t'embarquent... Pas de combat... Le scandale, la taule à vie en mettant les choses au mieux, mais monsieur le fumier reste le champion d'Europe ! Ça doit avoir bonne mine un champion d'Europe assassin ! Les assises ! Ma défense, messieurs les jurés ? Fastoche ! Je voulais rester invaincu ! Alors j'ai buté le meilleur petit gars qui soit jamais monté sur le ring ! Et puis je me suis constitué prisonnier pour ne pas me faire bourrer la gueule par le fameux Pétruci !

Il était fou, avec des yeux exorbités par la fureur et un filet de bave aux commissures !

Stefani, plaqué contre le mur, ne pipait mot.

Bodoni m'a giflé encore. Enfin il a bondi...

— Stefani ! Tu vas cavaler vers les officiels pour dire qu'un cas de force majeure nous oblige de passer avant la rencontre du « Polak » avec Dupont, vu ? Préviens le manager de Pétruci qu'il prépare son gars dare-dare...

Stefani a fait un signe affirmatif et il est sorti...

— Tes poignets !

Je les ai tendus... Il les a bandés consciencieusement, sans proférer un mot. Je me sentais écœuré à vomir. J'avais hâte de voir arriver Fauvet pour en finir… Il avait dû partir tout de suite du quai des Orfèvres… À moins que… Oui, il fallait un mandat d'amener délivré par un juge d'instruction ou par je ne sais qui pour appréhender quelqu'un. Ça allait prendre du temps… Pour venir aussi il fallait compter un bon quart d'heure… Pourvu que…

Bodo serrait ferme les bandelettes.

Sa peau avait revêtu une effrayante couleur verdâtre. On eut dit de la chair de gibier faisandé.

Il m'a lacé mes chaussures, a fixé ma coquille protectrice…

— Salaud, a-t-il murmuré, je peux te dire que tu vas te battre. Quitte à ce que je fracasse le nez des perdreaux quand ils arriveront, tu le rencontreras, Pétruci… Et il te crèvera la panse ! T'es qu'un pauvre tocard ! Tu ne tiendras pas deux rounds devant l'Italien… Je voudrais te voir cracher tes tripes sur le ring… La foule te conspuera… Tu la connais, la foule, hein, ordure ? Elle est plus salope que toi, et ça n'est pas peu dire…

Je n'écoutais presque plus… Je savais que maintenant il n'y avait plus rien à faire… Je devais monter sur le ring. Ce serait la vengeance de Bodoni… Personne ne l'empêcherait de me faire enjamber les cordes... Il se ferait tuer, mais il aurait son combat. Sa haine le portait, lui conférait une sorte de grandeur.

— Bodo, ai-je soupiré. Pendant quinze ans j'ai pris des pains sur le crâne, ça vous dérange les méninges...

— Tu le signaleras à ton avocat, il saura s'en servir...

Mon avocat ! C'était vrai qu'après le combat une vie nouvelle allait commencer... Une vie sans gloire et sans Cathy... Une vie entre quatre murs... Drôle de ring ! Un ring en béton...

On a frappé à la porte.

C'était le manager de Pétruci, un bel Italien aux yeux de velours.

— C'est vrai qué lé match est avançate ?

— Oui, dégrouillez-vous de préparer votre boy-scout... On vous expliquera pourquoi après...

— Il est prêt !

Stefani a rappliqué en galopant.

— Vite ! Vite ! C'est à nous, tout est O.K. !

— Alors en route !

*
* *

Je titubais comme un homme ivre en suivant l'allée tracée au milieu de la populace... Je me sentais sur le point de défaillir.

Ce trajet me paraissait interminable. Oui, il s'agissait d'une voie sans fin qui me conduisait droit en enfer... Elle était l'enfer !

Près du ring, il y avait Cathy, en bordure du rang... Elle m'a regardé d'une façon extraordinaire et j'ai eu envie de pleurer... Je percevais mal les cris, les encouragements... Cela existait-il encore ? Non, c'était déjà du passé. Un passé lointain qui s'effilochait dans ma mémoire.

J'ai gravi l'escalier, poussé par Bodoni...

On a tiré les gants à pile ou face... Bodo me les a lacés, sous le regard inquisiteur d'un des assistants de Pétruci.

Puis s'est déroulé le cérémonial des ultimes conseils et de la poignée de... cuir !

— Prêt !

Bodo a dit oui à l'arbitre. Le gong a retenti. Un grand silence s'est établi dans la salle... Il m'a fait du bien. Je suis tombé en garde...

Je voyais Pétruci s'avancer sur moi, sorte de bulldozer de viande impitoyable...

J'étais seul, désormais... En prison ce serait

moins terrible. Mais ici, on ne pouvait plus rien pour moi… Personne… Il y avait en face de moi une machine à frapper qui voulait un titre et qui ferait ce qu'il fallait pour l'obtenir…

Bodo ne m'avait pas donné d'ultimes conseils… Il ne demandait qu'une chose, le pauvre vieux : me voir massacrer en vitesse.

J'ai vu danser les boules de cuir devant mes yeux… J'ai senti des coups dans mes bras, à mes épaules… Une rafale brutale… Ça me disloquait… je vacillais… Quelques secondes et j'allais m'écrouler… Je ne pouvais pas éviter ça… Le silence était si total que j'avais l'impression de me trouver dans une salle vide. De temps à autre le crépitement des poings de mon adversaire sur ma chair… Et puis c'était tout… Je ne me défendais pas… Je gardais désespérément ma garde remontée… Je pensais vaguement : « Si tu prends un seul de ces coups à la face, Bob, tu ne te relèveras pas ! »

Pétruci avait une force effrayante. Chacun de ses coups ressemblait à une ruade de cheval !

Malgré ma garde, j'allais me faire cueillir. Le contraire était impossible. À un moment ou à un autre, l'ankylose m'obligerait à baisser mes bras…

Et ça viendrait sans que je comprenne… J'avais peur… Pas du coup, non… Mais de sa soudaineté.

Je surveillais Pétruci, tous mes sens alertés… Je le regardais avec mes yeux, avec ma peau, oui, chacun de mes pores guettait le coup fatal…

Il me semblait que ce round durait des siècles. Je pensais : « Pourquoi ne frappe-t-on pas le gong ? Est-ce un oubli ? Tiens ta garde haute, Bob… Tiens ta garde haute… »

Je la levais désespérément, mais mes bras étaient de plomb… Je les sentais m'échapper… Je n'avais pas encore fait un geste pour frapper. La foule s'est mise à murmurer, puis à vitupérer… J'ai eu une brusque reculade pour éviter un crochet de Pétruci… Mon dos a heurté les cordes qui m'ont renvoyé en avant. Déséquilibré, j'ai essayé de me retenir… Et le coup tant redouté est arrivé à mon menton. Il n'a pas été douloureux, oh non, il était bien trop violent pour que je le « sente ». Mais il m'a littéralement endormi. Ç'a été la nuit opaque, grouillante comme une forêt… Je suis tombé…

L'arbitre laissa retomber sa main une fois encore et hurla pour dominer le tumulte :

— ... OUT !

Il écarta les bras pour montrer que le combat était terminé.

Lorsque je suis revenu à moi, j'étais dans mon coin. Bodo m'y avait sans doute traîné avec le secours de Stefani... On me faisait respirer un truc fort... J'ai repris conscience... Tout à fait... C'était comme si l'on venait de retirer un bandeau noir de devant mes yeux.

J'ai aperçu mon adversaire, à l'autre bout. Il était assis et me regardait d'un œil intéressé. Personne d'autre que l'arbitre et les soigneurs n'occupait le ring. Je n'ai pas bien réalisé.

— Le combat n'est pas terminé ? ai-je soupiré...

Bodo me massait le cœur.

— Non, mon salaud… Tu as été sauvé par le gong à cinq… Ton calvaire va continuer… Et ne compte pas sur moi pour jeter l'éponge… Je voudrais qu'il te mette en charpie…

Je me suis tourné en direction de Cathy… Chose curieuse, elle ne me regardait pas mais fixait un point précis au pied du ring. J'ai suivi la direction de son regard… Fauvet se tenait assis sur un tabouret et me considérait avec intérêt… Il y avait un autre type en imperméable avec lui… Pas le maigre au nez crochu de la première fois, mais un autre, plus massif et chauve comme un œuf…

Fauvet a eu une réaction déconcertante : il m'a souri.

— Les flics, ai-je murmuré à Bodo…

— T'occupe pas, ils ne t'arrêteront pas avant la fin, va… Le commissaire me l'a fait comprendre d'un regard…

Le gong !

J'avais la tête douloureuse… Bodo était fort malgré sa petite taille, il m'a poussé en avant et je n'ai eu que le temps de serrer ma garde. Pétruci rappliquait, féroce ! Il est une règle, en boxe, c'est de se ruer sur un gars qu'on a sonné et qui a été sauvé par la cloche. On met tout le paquet avant qu'il ait récupéré pour le finir.

Toute la salle criait :

— Finis-le !

Ah ! Où étaient-ils mes supporters d'autrefois ? Dans l'autre clan, bien sûr ! Ils mugissaient pour obtenir ma fin…

Pétruci s'est déchaîné… J'avais les jambes plantées comme deux arbres et les poings serrés devant ma figure… L'Italien a remis ça…

On ne sait jamais ce que va faire le public… Alors que le spectacle devenait tragique, il a eu une réaction imprévue : il s'est tu… Le silence du premier round s'est tendu de nouveau, rompu par le bruit du cuir sur mes bras…

C'est alors que j'ai entendu, toute proche, la voix de Cathy. Jamais elle n'avait pipé mot au cours d'un de mes combats… Elle avait bien trop peur pour crier.

Là elle a mis tout son cœur, toutes ses forces :

— *Pense à lui, Bob !*

J'ai frémi de la tête aux pieds… Tout à ma frousse, je l'avais oublié, LUI !

Et pourtant, il était là… Oui, il se tenait près de moi sur le ring… Il ne comprenait pas pourquoi son vieux sanglier de maître se laissait flanquer la torchée… « Pourquoi, Bob ? »

En moi, une voix – était-ce la mienne ? – a répondu :

— T'inquiète pas, petit…

J'ai dû essayer de parler car mon protège-dents est tombé… L'arbitre l'a ramassé prestement et l'a jeté dans mon coin…

J'ai eu une détente et je suis parvenu à reflouer Pétruci. J'ai dansé un peu sur place… Mon sang s'est remis en mouvement, mon regard est redevenu clair… J'ai enfin vu, tel qu'il était, le mufle de l'adversaire, son liséré de front, ses cheveux calamistrés qui restaient impeccablement coiffés.

Il revenait à la charge, généreux dans sa hargne, inépuisable, affreux ! Il me croyait archi-fini… Il avait compris le truc : m'acculer dans les cordes, me malmener jusqu'à ce que inévitablement j'arrive à baisser les bras et alors me mettre le dernier, le bon…

J'ai fait une feinte éclair ! Je me suis courbé en deux… Ses poings ont sifflé au-dessus de ma tête… J'ai vu son foie devant moi, son ventre velu… J'ai serré les dents et je lui ai mis le plus terrible direct de ma carrière… Une droite magistrale, puissante, qui a produit l'effet d'un coup de bélier. Pétruci a gémi et il est tombé…

Un délire collectif s'est emparé de la populace… J'ai bondi à mon coin, sans voir la gueule verte de Bodo au ras du plancher. L'arbitre comptait… Le magnésium crépitait, formant autour du ring une guirlande aveuglante.

Je voyais se lever et se baisser le bras de l'arbitre mais je n'entendais pas sa voix… J'ai essayé de compter ses mouvements… Mais je regardais à la fois Pétruci qui se tordait de douleur, essayait de se relever, retombait, essayait encore.

Je n'arrivais pas à suivre… L'arbitre a mis les bras en croix. Une foule a envahi le ring… Les appareils photographiques ont continué de me mitrailler et de mitrailler l'Italien qu'on portait dans son coin…

Le speaker est monté, a levé les bras…

— Est proclamé champion d'Europe des poids moyens : Bob Trajo !

L'ovation a fait trembler la verrière du palais…

Je me suis détourné, j'ai tendu mes poignets à Bodoni pour la dernière fois…

Il a fait signe à Stefani de me délacer les gants…

— Bob, a-t-il chuchoté, Bob… Tu es un salaud, mais quel boxeur tu auras été !

J'ai serré la main de Pétruci, revenu à lui, puis à son manager consterné… J'ai serré d'autres mains… Beaucoup… Une forêt de mains monstrueuses qui se tendaient vers moi, pareilles à des fleurs conçues par un auteur de science-fiction…

Au bas des marches, il y avait Fauvet… Il s'est placé derrière nous, tandis que les poulets nous reconduisaient au vestiaire sous les acclamations.

Quand on s'est retrouvé dans ma loge, Montesquiou a saisi son flacon d'embrocation.

— Compliment, Bob, ç'a été le plus beau combat de ta carrière… Comment que t'as attendu ton moment ! Ça a failli te coûter chérot, du reste… Allez, allonge-toi…

J'ai secoué la tête.

— Non, merci, vieux… Là où je vais, je n'aurai plus besoin de tes services…

Bodoni et Stefani étaient adossés à la cloison. Fauvet et son acolyte encadraient la table sur laquelle j'étais assis, les jambes ballantes.

— Vous avez fait un magnifique dernier combat, a soupiré le commissaire… Maintenant habillez-vous…

Je lui ai obéi. Bodoni avait un pli profond au front.

— Tu restes champion d'Europe, Bob, a-t-il dit… Invaincu… Dans un sens, c'est beau… En taule, tu pourras écrire tes mémoires pour *France-Soir*, elles vaudront du fric…

La porte s'est ouverte sur Cathy… Elle s'est avancée, toute menue, toute timide et elle ressemblait à la petite institutrice qui corrigeait les devoirs sous la lampe en attendant l'arrivée d'un jeune boxeur qui voulait s'instruire un peu…

Elle m'a noué ma cravate après avoir adressé un salut à Fauvet. Sa main ne tremblait pas…

— Je vais vous accompagner, a-t-elle dit au commissaire.

— Inutile, madame Trajo, on vous convoquera en temps utile…

— Si, il le faut, je suis sa complice…

Je n'ai pas protesté. Puisqu'on devait aller jusqu'au bout de notre amour, elle et moi, c'était parfaitement inutile.

J'étais prêt… J'ai fait à Fauvet :

— Ça y est ?

Bodoni n'a pas bronché, Stefani non plus…

Quant à Montesquiou, il cherchait encore à comprendre…

J'avais la main sur la poignée de la porte. Cathy a stoppé mon geste.

— Avant de nous séparer, Bob, il faut que je t'avoue une chose…

— Quoi, mon amour ?

Elle a eu son air confus que j'aimais tant, mais pourtant c'est d'une voix ferme qu'elle a murmuré…

— Après tout, Bob, peut-être bien que Dieu existe !

Achevé d'imprimer sur les presses de

BUSSIÈRE
GROUPE CPI

à Saint-Amand-Montrond (Cher)
en mars 2002

FLEUVE NOIR
12, avenue d'Italie
75627 Paris Cedex 13
Tél. : 01-44-16-05-00

— N° d'imp. : 21464. —
Dépôt légal : avril 2002.

Imprimé en France